INTERESTELAR

INTERESTELAR

de
Jonathan Nolan e
Christopher Nolan

Romantizado por
Greg Keyes

Baseado no filme da
Warner Bros. Pictures e Paramount Pictures

Tradução
de
Vera Whately

Rio de Janeiro

Revisão técnica
Orlando Bandeira e Ned Avery

Revisão
Vinicius Farah Correia e Miguel Damian Ribeiro Pessoa

Editoração eletrônica
Rejane Megale

Capa
Gabinete de Artes (www.gabinetedeartes.com.br)

Fotos
Gentilmente cedidas pela Warner Bros.

Adequado ao novo acordo ortográfico da língua portuguesa

1ª reimpressão

CIP-BRASIL. CATALOGAÇÃO-NA-FONTE
SINDICATO NACIONAL DOS EDITORES DE LIVROS, RJ

N724i

Nolan, Jonathan, 1976-
Interestelar / Jonathan Nolan, Christopher Nolan, romantizado por Greg Keyes ; tradução Vera Whately. - 1. ed. - Rio de Janeiro : Gryphus, 2016.
285 p. : il.

Tradução de: Interstellar
'Baseado no filme da Warner Bros. Pictures e Paramount Pictures'
ISBN 978-85-8311-054-5

1. Interstellar (Filme) - Representação cinematográfica. 2. Vida em outros planetas - Ficção. 3. Relatividade (Física) - Ficção. 4. Ficção científica americana. I. Nolan, Christopher, 1970-. II. Whately, Vera. III. Título.

16-29557 CDD: 791.4375
CDU: 791

GRYPHUS EDITORA
Rua Major Rubens Vaz 456 — Gávea — 22470-070
Rio de Janeiro — RJ — Tel.: (0XX21) 2533-2508 / 2533-0952
www.gryphus.com.br — e-mail: gryphus@gryphus.com.br

Para Danielle Elizabeth Keyes
e Alan Yin. Muita sorte na aventura de vocês.

PRÓLOGO

Primeiro vem a escuridão, o murmúrio abafado e constante do vento através das folhas ressecadas. Depois ouve-se a voz trêmula e agradável de uma mulher idosa.

— É verdade — diz ela. — É verdade, meu pai era fazendeiro na época.

Então a escuridão desaparece, e tudo fica dourado e verde quando o vento bate nos pendões do milho novo que chegam à nossa cintura, chacoalhando as hastes, como se uma tempestade em algum lugar estivesse se aproximando.

— Como todo o mundo era — a mulher continua. De repente ela aparece diante de um fundo escuro. Linhas de expressão sulcavam seu rosto, o mapa em relevo de uma longa vida.

— É claro — ela diz — que ele nem sempre foi assim.

PRIMEIRA PARTE

UM

Os controles sacudiam nas suas mãos como se tivessem vida.

Fora da cabine do piloto espalhava-se uma névoa branca. Ele só conseguia ver até o nariz da sua nave, nada mais.

— *O computador indica excesso de compressão.* — O rádio estalava no seu ouvido, e a estática quase não o deixava ouvir o sinal.

— Deixe comigo — ele protestou, apesar de seus instrumentos estarem lhe dizendo coisas impossíveis.

— *Cruzando os Straights* — dizia o controle. — *Desligando. Desligando tudo.*

— Não! — ele disse. — Preciso de energia...

Ele girava como um louco agora, preto e vermelho, preto e vermelho, e de repente os controles se soltaram das suas mãos, e ele gritou...

Cooper sentou-se na cama, encharcado de suor, e na sua cabeça, ainda tomada pelo sonho, ainda estava girando, sem ver nada através da névoa. Ofegante, sentia o ar entrando e saindo dos pulmões enquanto tentava controlar *alguma coisa...*

— Papai? Papai!

Ele virou-se na direção daquela voz conhecida e a viu, na primeira luz fraca da alvorada, que entrava pela janela. Sua filha. O redemoinho do pesadelo sumiu, e ele viu apenas o quarto familiar, o cheiro de madeira velha e da naftalina na roupa de cama.

— Desculpe — ele murmurou. — Vá dormir.

Mas ela ficou parada ali. Murph, teimosa como sempre.

— Eu pensei que você fosse um fantasma — ela disse.

Cooper viu que ela estava séria.

— Não existe fantasma, Murph — ele retrucou baixinho.

— O vovô disse que a gente pode ver fantasmas — ela insistiu.

— O vovô está a ponto de ele mesmo se tornar um fantasma — Cooper resmungou. — Vá dormir.

Murph ainda não estava pronta para sair dali. A luz do início da manhã ressaltava o cabelo ruivo, e os olhos verdes estavam cheios de preocupação. E obstinação.

— Você estava sonhando com o acidente? — ela perguntou.

— Vá dormir, Murph — ele disse, tentando falar com voz firme. Murph hesitou, mas finalmente, ainda relutante, virou as costas e saiu porta afora.

Esfregando os olhos, Cooper olhou pela janela. Lá fora, viu o milho novo com as folhas de um verde escuro, ainda batiam só na cintura. À luz da madrugada, as pontas das hastes de milho ganhavam um tom vermelho dourado vivo. Havia uma brisa suave, e com a visão ainda embaçada pelo sono, ele teve a impressão de estar vendo um vasto mar que se estendia até o horizonte.

DOIS

— Havia milho, decerto — diz a velha senhora. — Mas também havia poeira. Nos ouvidos, na boca. — Passamos dela para o rosto de um homem idoso, com os olhos molhados, procurando pelas décadas as distantes marcas que havia deixado na estrada.

— Poeira por todo lado — ele diz, concordando. — Por todo lado.

Donald varreu a poeira da varanda da casa da fazenda mesmo sabendo que não fazia sentido, pois em questão de horas, estaria tudo sujo de novo. Mas desistir totalmente de varrer parecia mais sem sentido ainda.

Aquela varanda, assim como a sólida casa de dois andares por trás, haviam abrigado várias gerações. Merecia ser bem cuidada. O vento e a poeira quase não deixavam mais ver a última mão de pintura branca, e tão cedo a casa não seria pintada de novo. Além disso, precisava de reparos mais importantes, reparos esses que ele estava velho demais para fazer, e Cooper, ocupado demais para empregar tempo nisso.

Mas podia varrer a varanda. Disso seu corpo envelhecido ainda dava conta. Conseguia se livrar da poeira, mas cada varrida era no máximo uma vitória temporária.

Donald empertigou o corpo e observou o trabalho feito, soltou o lenço que protegia os pulmões da sujeira, virou-se e abriu a porta da casa.

Chega de limpar a varanda, pensou. Estava na hora de preparar o café da manhã. Foi até a cozinha e passou os dedos pelo cabelo ralo que ainda lhe restava na cabeça, sentindo vestígios de poeira grudada nele.

Aproximou-se da mesa, onde havia tigelas de cabeça para baixo cobertas por uma camada fina de poeira, e virou a parte limpa delas para cima. Depois encaminhou-se para o fogão.

Para Donald, a cozinha era provavelmente o cômodo mais confortável da casa. Sua mulher cozinhara naquele fogão esmaltado, e com o tempo veio a receber a ajuda da filha, que a princípio tinha de ficar na ponta dos pés para mexer a panela. Mais tarde, já uma mulher forte com os pés firmemente plantados no chão, a filha passou a cozinhar para sua própria família. As duas não existiam mais agora, porém, de certa forma, continuavam ali.

Colocou a papa de milho na panela e mexeu quando a água começou a ferver, depois baixou o fogo para que cozinhasse devagar, lembrando-se dos tempos em que o café da manhã era um pouco mais... variado. Aveia, waffles, panquecas. Frutas.

Agora geralmente era papa de milho. E sem muitas das coisas que lhe davam gosto; nada de manteiga, nem melaço de sorgo, nem mesmo bacon. Mas não adiantava ficar apegado ao passado, não é? Ainda havia muitas coisas boas. O tempo passava, e uma tigela de papa de milho pura era muito mais do que a maioria das pessoas comia por dia. Ele também já havia passado por isso, e *disso* ele não sentia a menor falta.

Lembre-se das suas bênçãos, meu velho. Ele quase ouvia a velha dizer. *Não adianta se lamuriar pelo que não se pode ter.* E quando o milho terminou de cozinhar, lembrar-se das coisas boas foi bem fácil; estavam bem à sua frente.

Lá estava Tom, é claro. O neto de Donald estava sempre por perto quando a comida ficava pronta. Seu corpo de quinze anos parecia insaciável. O menino estava sempre com fome; e era mais que justo, pois também trabalhava muito. Não reclamava da falta de variedade do café da manhã.

Papa de milho era suficiente para Tom.

A neta de dez anos, Murph, levou mais tempo para chegar à mesa. Seu cabelo acobreado estava molhado, e ela ainda estava com uma toalha em volta do pescoço; havia acabado de tomar banho. Às vezes Donald achava-a a imagem escarrada da mãe, mas quando fazia certos gestos ou falava certas coisas, ele percebia como ela ficava igualzinha ao pai. Como agora. Ela estava mexendo numas peças estranhas de alguma coisa ao se sentar. Era algo que não deveria estar fazendo.

— Isso na mesa, não, Murph — disse o avô, com calma.

Mas Murph não lhe deu muita atenção e olhou para o pai, que tinha começado a tomar café antes mesmo dos filhos chegarem. Cooper era genro de Donald.

Ele era um bom homem. E também um bom fazendeiro, o tipo de sujeito que a gente gostaria de ter por perto quando precisasse que uma colheitadeira de vinte anos voltasse a funcionar com uns cabos e uma torradeira velha. Ou se quisesse que o painel de energia solar tivesse um rendimento de mais quinze por cento. Ele era um gênio com máquinas. E sua filha tinha se apaixonado. Depois da filha, Cooper era a pessoa de quem ele mais gostava. O homem que a filha amava, os filhos que ela teve.

— Papai, pode consertar isso para mim? — Murph pediu a Cooper.

Ele chegou perto da mesa e pegou as peças de plástico que ela tinha na mão, franzindo a sobrancelha no rosto magro. Donald viu então o que era: o modelo quebrado de um módulo lunar Apollo.

— O que você fez com o meu módulo de pouso? — Cooper perguntou.

— Não fui eu — Murph respondeu.

— Deixa eu dar um palpite — disse Tom com ar de implicância, com a boca cheia de milho. — Foi o seu fantasma?

Murph pareceu não dar atenção a Tom. Já havia descoberto que se o ignorasse, o irmão ficava muito mais irritado do que se batesse boca com ele.

— Ele derrubou no chão o aviãozinho que estava na minha prateleira — ela disse para o pai, com toda a simplicidade. — Ele vive jogando meus livros no chão.

— Fantasmas não existem, sua idiota — disse Tom.

— Ei! — Cooper chamou a atenção do menino, zangado. Tom deu de ombros, sem parecer arrependido.

Mas Murph não se deu por vencida.

— Eu pesquisei — ela disse. — Chama-se poltergeist.

— Papai, diga para ela — Tom pediu.

— Murph — Cooper começou a explicar — você sabe que isso não é uma verdade científica. — Mas a filha o olhou com um ar obstinado.

— Você diz que ciência é admitir o que nós *não* sabemos.

— Agora ela te pegou — debochou Donald.

Cooper devolveu as peças para Murph.

— Comece a cuidar melhor das nossas coisas — pediu.

Donald olhou para Cooper.

— Coop — disse com um ar de ordem.

Cooper deu de ombros. Donald tinha razão. Murph era inteligente, mas precisava de um pouco de orientação.

— Muito bem — disse. — Murph, se você quiser falar sobre ciência, não venha me dizer que está com medo de fantasma. Registre os fatos, analise a situação; apresente conclusões.

— Claro — disse Murph, mostrando pela expressão que já estava pensando naquilo tudo.

Cooper pareceu achar que isso havia ajeitado a situação. Pegou as chaves da caminhonete e se levantou.

— Espere aí — disse Donald. — Hoje é o dia do encontro de pais e mestres. Pais... não avós.

***

Donald era bem intencionado, mas Cooper ainda estava magoado com o comentário dele quando as crianças entraram na caminhonete velha, batendo nos assentos para tirar a poeira acumulada durante a noite. A caminhonete azul velha estava muito enferrujada, cheia de mossas e arranhões, que mostravam o estrago feito ao longo dos anos.

É claro que ele faltava às reuniões da escola de vez em quando, vivia sempre ocupado. Era solteiro. Seria demais pedir a Donald para assumir aquela responsabilidade? Afinal, Cooper já passava um bom tempo com os filhos. Era um bom pai.

Mas isso não queria dizer que participasse de tudo que a escola esperava dele. Tinha coisas melhores a fazer.

Ao abrir a porta do lado do motorista, tomou mais um gole de café, e ao ver uma nuvem preta ao longe, tentou calcular seu tamanho e a distância a que estava. De quem seriam aqueles campos de lá? Para que lado a nuvem estava se dirigindo?

— Tempestade de poeira? — pensou alto.

Donald fez que não.

— Nelson está pondo fogo em toda a safra dele.

— Está dando praga por lá?

— Estão dizendo que é a última colheita de quiabo — respondeu Donald. — A última da história.

Cooper ficou olhando a fumaça preta, perguntando-se se aquilo era certo, sabendo no fundo que provavelmente era. Mas qual era a graça de quiabo? Uma coisa gosmenta, a não ser que fosse frita. Era usado para engrossar a sopa. Um luxo, não um produto básico. Era uma perda insignificante.

— Deviam ter plantado milho como todos nós — falou ao entrar na caminhonete. Nelson sempre teve mais audácia que bom senso.

— Seja simpático com a srta. Hanley, — disse Donald. — Ela é solteira.

— O que você quer dizer com isso? — Cooper perguntou, sabendo muito bem aonde o velho queria chegar.

— Repovoar a Terra — Donald explicou. — Começar a fazer a sua parte.

Donald parecia ficar mais intrometido a cada dia. Cooper não sabia exatamente qual era o limite, mas achava que o velho dessa vez tinha se metido demais na sua vida particular.

— Vá cuidar da sua vida — retrucou. Mas sabia que o velho estava bem intencionado.

Um instante depois, estavam descendo pela estrada de terra. Cooper segurava o volante com uma mão e o café com a outra. Murph estava sentada no pouco espaço entre ele e Tom.

— Ok — disse para ela quando o motor pediu que fosse passada outra marcha. Pisou na embreagem. — Passe a segunda.

Murph lutou para passar a segunda marcha enquanto o pai tomava mais um gole de café e soltava o pedal.

— Agora a terceira — falou um instante depois, enquanto a caminhonete ganhava velocidade. Pisou no pedal de novo e Murph fez força para passar a marcha, que ele ouviu arranhar em sinal de protesto quando não entrou a terceira.

— Passa a terceira, sua idiota — reclamou Tom.

— Cala a boca, Tom! — o pai disse zangado.

Depois da bronca do pai, ouviram um barulho alto, e o carro deu uma guinada.

— O que você fez, Murph? — Tom perguntou.

— Ela não fez nada — disse Cooper. — Foi o pneu que furou. — Teve o cuidado de parar num canto da estrada; não que fosse provável alguém passar por ali.

— É a lei de Murphy — Tom zombou, fazendo uma careta para ela.

— Cala a boca, Tom — disse Murph, virando-se para ele com um olhar chateado.

Cooper abriu a porta, desceu do carro, olhou o pneu e viu que estava bem murcho. Virou-se para Tom e disse:

— Pegue o estepe.

— É esse que estamos usando — Tom respondeu, abrindo a porta e indo para junto do pai.

— Ok — Cooper falou. — Pegue a caixa de ferramenta.

— Como vou consertar um pneu aqui? — Tom protestou.

— Dê um jeito — retrucou para o filho. — Eu não estarei sempre aqui para te ajudar. — Passou por trás do carro e viu Murph encostada na porta, com um ar de raiva.

— Por que você e mamãe me deram esse nome, que quer dizer uma coisa ruim? — perguntou.

— Isso não é verdade — ele respondeu.

— Lei de Murphy? — ela disse, com um misto de descrença e indignação.

Cooper analisou a expressão séria da filha. Lembrou-se do rapaz e da moça que tinham lhe dado esse nome.

— Lei de Murphy não quer dizer que coisas ruins vão acontecer — explicou com carinho, para que ela entendesse bem. — Quer dizer que o que tiver de acontecer... acontecerá. E nós gostamos dessa ideia.

Murph franziu a testa, e o pai achou que a filha ia continuar a protestar, mas logo percebeu que ela não estava mais prestando atenção nele. O olhar de Murph estava distante, como se de repente ela tivesse entrado em uma frequência que o pai não tinha como captar.

— O quê? — perguntou. Então ouviu também um ruído baixo e contínuo que foi ficando cada vez mais agudo devido ao efeito de Doppler. Alguma coisa estava vindo na direção deles; aliás, *voando* na direção deles; e ele teve certeza de que já havia ouvido aquele barulho. Mas tinha sido tanto tempo atrás que chegava a ser meio difícil de acreditar nos próprios ouvidos.

Agarrou Murph e a empurrou para dentro do carro, no instante em que um projétil passou sobre a cabeça deles; um objeto em forma de míssil com asas longas, estreitas e afuniladas projetadas em ângulos retos.

— Vamos! — gritou. Pulou para dentro da caminhonete e pegou o laptop e a antena ligada a ele. Passou-os depressa para Murph e gritou para Tom, que estava com o macaco pronto para mexer no pneu furado.

— Entre!

— E o pneu? — o menino perguntou.

Mas não havia tempo para se preocupar com isso agora.

TRÊS

É claro que o drone não desviava para seguir as estradas, nem eles tampouco. Na maior velocidade possível, foram cruzando uma plantação de milho, achatando as hastes com os três pneus e um aro bamboleante.

Cooper tentou não pensar quantos pés de milho estava destruindo, mas pelo menos era seu próprio milharal. Ele não teria de enfrentar uma multidão enfurecida na frente de casa dentro de algumas horas. E sabia que aquilo era justificável. Embora o milho fosse precioso, não se via aquele tipo de coisa todo dia.

Nem todo mês.

Nem... todo ano.

Olhou em volta freneticamente, tentando enxergar o que estava atrás do milharal ou olhar por cima da plantação, mas não dava para ver muita coisa entre as hastes altas e o teto da caminhonete.

Dentro do carro, grudada na porta do carona, Murph estava com o laptop ligado. Tom estava entre os dois agora, e o próprio Coop passava as marchas.

— Ali! — gritou Tom, apontando para a direita. Cooper abaixou a cabeça e olhou para cima.

E lá estava ele, poucos metros acima do milharal.

Que droga isso está fazendo ali? ele pensou. *O que será que ele está procurando?* Cooper girou o volante, a caminhonete deu uma rabeada e foi em direção àquela coisa que parecia um pequeno avião sem cabine.

Então reconheceu a silhueta.

— É um drone de vigilância da força aérea indiana — disse para os filhos. — Os painéis solares dele geram energia suficiente para uma fazenda inteira.

Olhou para Tom.

— Pegue o volante — pediu.

Depois de muito se contorcerem, Tom foi para trás do volante e Cooper foi para o meio, com o laptop no colo, e passou a antena para Murph.

— Fica apontando com a antena para ele — disse a ela. Então foi mexer no computador. Depois de um instante, começaram a aparecer na tela umas linhas quase líquidas do alfabeto Devanagari. Mas o sucesso foi seguido de decepção, pois o sinal começou a desaparecer.

— Mais depressa, Tom — disse Cooper. — Estou perdendo o sinal.

Tom afundou o pé no acelerador da velha caminhonete e foi ziguezagueando pelo milharal a toda velocidade. O sinal voltou, e Cooper continuou a estudar aquela criptografia. A caminhonete saiu do milharal e chegou em campo aberto.

— Pai? — Tom disse.

— Estou quase lá — disse Cooper ao filho, com os olhos grudados na tela. — Continua assim.

O drone desapareceu no horizonte. Eles deviam estar perto do vale mais próximo, Cooper imaginou, para o drone conseguir sumir assim.

— *Pai...* — disse Tom com uma voz mais preocupada.

Cooper levantou os olhos bem a tempo de ver que estavam indo a toda velocidade em direção ao precipício que dava na represa. Arregalou os olhos e ficou com o coração na mão.

— Tom! — gritou.

O menino pisou forte no freio. Pedras rolaram por debaixo da caminhonete, que foi levantando uma nuvem de poeira até parar bem na beira do precipício. Respirando forte, Cooper analisou a situação por um instante e percebeu que foi muita sorte terem apenas três pneus, senão a caminhonete teria ido ainda mais depressa...

Olhou para Tom.

O menino deu de ombros.

— Você disse para eu continuar em frente — desculpou-se.

Com o coração ainda acelerado, Cooper estendeu o braço e abriu a porta do lado da filha. Murph saiu da caminhonete, e ele foi atrás, levando o laptop.

— Acho que isso responde à pergunta "e se eu falasse para você saltar de um penhasco?" — comentou baixinho, quase para si mesmo. Depois olhou para Murph para ver se ela estava bem. A filha ainda estava apontando a antena na direção do penhasco.

— Nós perdemos o drone — ela disse.

Sua decepção arrancou um sorriso de Cooper.

— Não perdemos, não — ele discordou, enquanto o drone passava por cima deles. Continuou a pilotar o drone com o *touchpad* do laptop, fazendo-o girar em um grande arco. Os filhos observavam a máquina, uma maravilha de outra era, enquanto ela voava e ajustava as asas ao comando de Cooper. Tom parecia um tanto animado. Murph estava maravilhada.

— Quer pilotar um pouco? — Cooper perguntou à filha.

Não precisou perguntar duas vezes. Enquanto ele a ajudava a passar os dedos pelo *touchpad*, o rosto da filha se iluminava com admiração e alegria. Era maravilhoso ver isso, e a vontade dele era ficar ali para sempre.

Mas tinham coisas a fazer.

— Vamos deixar o drone próximo à represa — disse, depois de um instante.

Ao ver um lugar bem aberto e plano, Cooper pousou o drone. Depois entraram no carro e foram seguindo lentamente pelo chão irregular, com pedras e cascalho que batiam na roda com o pneu esfrangalhado.

O drone era quase do tamanho da caminhonete, mas era fino e tubular.

Que beleza, ele pensou, esfregando a palma da mão na superfície lisa e escura, pensando nas mãos hábeis que tinham construído aquilo, sentindo-se quase como uma criança de novo. Não fazia tanto tempo que a humanidade construíra coisas tão lindas e maravilhosas daquele jeito.

— Há quanto tempo você acha que isso estava por aí? — Tom perguntou.

— O centro de comando de missões de Delhi encerrou as atividades na mesma época que o nosso, faz dez anos — Cooper respondeu.

— Ele estava voando há dez anos? — Tom indagou, num tom de incredulidade. — Por que ele estava tão baixo?

— O sol finalmente queimou o cérebro dele — Cooper respondeu sem certeza. — Ou então estava procurando alguma coisa.

— O quê? — Murph quis saber.

— Algum tipo de sinal — ele continuou, ainda incerto. — Quem sabe?

Cooper examinou a superfície da máquina e encontrou o painel de acesso. Fora seus próprios movimentos e a correnteza leve e morosa do rio, tudo o mais estava imóvel. Uma ligeira brisa misturava o cheiro do milho queimado com o da água poluída da represa, que como tudo mais, já tinha passado por dias melhores.

Cooper abriu o painel e olhou dentro da caixa que continha o cérebro do drone.

— O que você vai fazer com isso? — Murph perguntou.

— Vou dar uma responsabilidade científica para ele — o pai respondeu. — Como usar uma colheitadeira. — Foi para um canto e tentou sentir o peso do mecanismo. Ele e Tom conseguiriam colocá-lo na caçamba da caminhonete.

— Não podemos soltar o drone? — Murph perguntou. — Ele não estava fazendo mal a ninguém.

Cooper olhou para a filha com carinho. Ela tinha bom coração e muita sensibilidade. E sentiu pena ao pensar que aquela coisa que voara livremente ao sabor do vento durante mais de uma década, talvez o último exemplar existente, uma das últimas máquinas voadoras, se tornaria uma escrava em uma plantação de milho. Mas ao contrário de Murph, sabia que esse sentimento tinha de vir em segundo lugar em termos de necessidade.

— Essa coisa terá de se adaptar — explicou. — Como todos nós temos.

Quando finalmente chegaram à escola, com o drone pendurado na caçamba da caminhonete velha, Cooper sentiu certa ansiedade ao pensar no encontro de pais e mestres.

— Como isso funciona? — perguntou hesitante. — Vocês participam?

— Eu tenho aula — Tom informou com certo ar de superioridade. Depois deu uma palmadinha no ombro de Murph. — Mas *ela* tem de esperar.

Murph lhe deu mais uma olhada com raiva enquanto ele descia do carro.

— Por quê? — Cooper perguntou. — O quê? — Enquanto o filho se encaminhava para a porta, ele se virou para a filha.

Murph parecia pouco à vontade enquanto escrevia alguma coisa no seu caderno.

— Papai, teve um... problema. Bem, eles vão falar com você sobre isso. Tente...

— Eu vou ficar com raiva? — Cooper perguntou, levantando as sobrancelhas.

— Não comigo — Murph respondeu. — Mas tente não...

— Relaxe — ele garantiu. — Já entendi.

QUATRO

Cooper não gostava muito do escritório do diretor quando era menino, e agora gostava menos ainda. Sentia-se nervoso e irrequieto, como se *ele* tivesse feito alguma coisa errada.

O diretor, William Okafor, estava olhando pela janela quando Cooper entrou, e se virou para cumprimentá-lo. Era um pouco mais novo que Cooper. A autoridade que assumia com tanta naturalidade era um tanto exagerada para seu encargo de orientar menos de uma centena de estudantes. O terno escuro e a gravata preta realçavam essa impressão, e Cooper ficou ainda mais nervoso.

Em que área ele teria trabalhado trinta anos atrás? Teria sido executivo de uma empresa? Militar? Reitor de uma universidade?

Havia também uma mulher na sala, que ele cumprimentou de longe. Ela retribuiu o gesto. Ele se perguntou se aquela era a srta. Hanley, e lembrou-se que Donald o aconselhara a ser simpático com ela. Tinha de admitir que ela era bem jeitosa. Cabelo louro e comprido preso num coque no alto da cabeça. Uma saia tradicional e um suéter azul claro.

— O senhor está um pouco atrasado, Coop — Okafor falou em tom de repreensão. Apontou para a cadeira vazia em frente à sua mesa e olhou pela janela na direção da caminhonete de Cooper.

— Ah... o pneu furou — desculpou-se Cooper.

— E imagino que o senhor tenha parado na loja de caças asiáticos — disse, num misto de desaprovação e curiosidade.

Cooper sentou-se, tentando sorrir.

— Na verdade, senhor, é um drone de vigilância — explicou. — Com incríveis painéis solares.

O diretor não pareceu impressionado. Pegou uma folha de papel e deu uma olhada nela.

— Nós temos as notas de Tom aqui — disse. — Ele vai ser um excelente fazendeiro. — Empurrou a folha de papel pela mesa. — Meus parabéns.

Cooper deu uma olhada no papel.

— É, ele tem o dom para isso — concordou.

Mas Tom podia fazer mais que isso.

— E a faculdade? — perguntou.

— A universidade tem vagas limitadas — Okafor explicou. — Eles não têm recursos...

Isso foi demais para Cooper.

— Eu ainda pago meus impostos — falou, indignado. — Para onde vai esse dinheiro? Não há mais exércitos...

O diretor fez sinal negativo com a cabeça lentamente.

— Ele não vai para a universidade, Coop. O senhor tem de ser realista.

Realista? Cooper sentiu a raiva crescer dentro dele. Tratava-se do seu filho. *De Tom.*

— O senhor está excluindo meu filho? — Cooper insistiu, sem querer dar trégua. — Ele tem quinze anos.

— As notas de Tom não são altas o bastante — Okafor explicou.

Tentando se controlar, Cooper apontou para as calças do diretor.

— Quais são as medidas do senhor? Uns noventa de cintura?

Okafor olhou para Cooper, sem saber onde ele queria chegar.

— E uns setenta e cinco de altura da calça? — Cooper complementou.

Okafor continuou olhando para ele, sem compreender.

— Não estou entendendo o que... - começou a dizer, franzindo as sobrancelhas.

— O senhor está dizendo — Cooper continuou — que precisa de dois números para medir o próprio traseiro, mas só um para medir o futuro do meu filho?

A srta. Hanley teve de prender o riso. Então ela também tinha senso de humor. Isso era bom. Mas ficou séria quando o diretor olhou feio para ela e depois retomou o ar de superioridade.

— O senhor tem muito conhecimento, Coop — falou, tentando controlar a situação. — É um piloto profissional...

— E engenheiro — Cooper acrescentou, sem querer ser subestimado por aquele diretor convencido.

— Ok — disse Okafor, inclinando-se sobre a mesa. — No momento, o mundo não precisa de mais engenheiros. Nós não temos falta de aviões nem de televisões. Temos falta de *comida*.

Cooper recostou-se na cadeira, sentindo a raiva fervendo dentro de si.

— O mundo precisa de fazendeiros — Okafor continuou, com um sorriso benevolente, mas um tanto convencido. — Bons fazendeiros, como o senhor. E Tom. Nós somos uma geração de zeladores. E as coisas estão melhorando. Talvez seus netos...

De repente, Cooper ficou com vontade de simplesmente ir para bem longe daquele homem, daquela conversa, daquela situação, de tudo aquilo.

— Já terminamos, senhor? — perguntou abruptamente.

Mas não seria assim tão fácil. Nada era fácil.

— Não — respondeu o diretor. — A srta. Hanley está aqui para falar sobre Murph.

Com relutância, Cooper olhou para a srta. Hanley. O que viria agora? Será que iam dizer que Murph não estava pronta para a sexta série? Porque se fosse esse o caso, ele poderia fazer algumas modificações nas colheitadeiras.

Elas poderiam arrasar aquele lugar.

— Murph é uma menina inteligente — ela começou, desfazendo aquela preocupação, mas criando milhões de outras. — É uma menina maravilhosa, sr. Cooper. Mas está tendo um pequeno problema...

Lá vem coisa, Cooper pensou. *Aquele "mas"...*

A srta. Hanley colocou um livro escolar na mesa.

— Ela trouxe isso para a escola. Para mostrar às outras crianças os pontos das aterrissagens lunares...

— É — ele disse, reconhecendo o livro. — É um dos meus livros antigos. Ela gosta das ilustrações.

— É um livro antigo feito pelo governo — disse a srta. Hanley. — Esses livros foram substituídos por versões corrigidas.

— Corrigidas? — Cooper perguntou.

— Versões que explicam que as missões Apollo foram uma farsa para levar a União Soviética à falência.

Ele ficou tão espantado que por um instante não soube como reagir.

Ria? Chorava?

Explodia?

Optou pela incredulidade.

— A senhora não acredita que nós fomos à lua? — É claro que ele sabia que sempre houve um grupinho; uns loucos que acreditavam nessa tolice absurda. Mas uma professora? Como alguém com algum senso podia dizer tal besteira?

Ela sorriu como se Cooper tivesse três anos de idade.

— Creio que foi uma propaganda política brilhante — ela comentou. — Os soviéticos ficaram desperdiçando verba com foguetes e outras máquinas inúteis, e foram à falência.

— Máquinas inúteis? — Cooper perguntou, sentindo a raiva lhe subir à cabeça.

É claro que ela continuou.

— Sim, sr. Cooper — ela disse num tom tolerante. — E se não quisermos repetir o desperdício do século vinte, nossos filhos precisam aprender sobre *este* planeta. Não ficar ouvindo histórias de pessoas que saíram dele.

Cooper tentou assimilar aquilo por um instante. Mas estava bufando de raiva, prestes a explodir.

— Uma dessas máquinas inúteis que eles faziam — finalmente começou a falar — chamava-se máquina de ressonância magnética. E se ainda tivéssemos pelo menos uma delas, os médicos teriam conseguido detectar o cisto no cérebro da minha mulher *antes* de ela morrer, não depois. *Ela* estaria sentada aqui ouvindo isso, o que seria bom porque ela sempre foi a mais calma...

A srta. Hanley ficou confusa de início, depois sem jeito, depois um pouco horrorizada, mas antes que pudesse dizer alguma coisa, Okafor interferiu.

— Sinto muito pela sua mulher, sr. Cooper. Mas Murph se engalfinhou com alguns colegas por causa dessa bobagem de Apollo, e nós achamos que seria bom chamar o senhor aqui para ver que providências pensa em tomar para lidar com o comportamento dela. — A essa altura, parou e esperou.

Cooper olhou para os dois por um instante, achando tudo aquilo surreal, percebendo como às vezes as coisas parecem normais, e você de repente nota que está tudo errado.

Será que estou tão por fora assim? pensou. Será que as coisas chegaram a esse ponto?

Achou que estava por fora mesmo. Não prestava muita atenção às poucas notícias que havia, pois achava havia muito tempo que a maioria era realmente propaganda política. Mas não havia percebido que as coisas tinham chegado ao ponto de reescreverem os malditos *livros escolares.*

O diretor Okafor e a srta. Hanley esperavam ansiosos. Queriam saber como ele castigaria Murph por sua temeridade. Como iria corrigi-la. Mereciam uma resposta.

— É claro — ele disse finalmente, medindo suas palavras. — Vai haver um jogo de beisebol amanhã à noite, e Murph está começando a se interessar por beisebol. Vão servir doce e refrigerante...

Um ar de aprovação passou pelo rosto da srta. Hanley. Cooper lembrou das palavras de Donald de novo. Mas mesmo que estivesse a fim de procurar outra esposa, por mais bonita que ela fosse, a burrice era demais. Julgou-a categoricamente.

— Estou pensando em levar Murph ao jogo — disse.

Ela piscou como se não tivesse entendido, depois virou-se para Okafor com uma expressão bem infeliz no rosto bonito.

O diretor também não parecia muito feliz.

— Como foi? — Murph perguntou uns minutos depois, quando o pai voltou à caminhonete.

— Eu... fiz você ser suspensa — admitiu.

— O quê? — ela perguntou aflita.

— Desculpe — ele falou baixinho.

— Papai! — disse Murph, elevando a voz. — Eu te falei para não...

O rádio PX da caminhonete de repente começou a receber um sinal.

— *Cooper? Boots para Cooper.*

Com certo alívio, ele pegou o fone do rádio e o colocou junto da boca.

— Cooper — respondeu.

— *Coop, essas colheitadeiras que você consertou deram defeito* — Boots disse. Parecia agitado, o que era incomum. Boots era o principal empregado de Cooper na fazenda havia cinco anos, mas trabalhava nesse setor desde a infância e já tinha visto de tudo.

— Desligue os controles por um instante — disse Cooper, ainda ciente da expressão de incredulidade de Murph e tentando desviar os olhos do rosto dela.

— *Já fiz isso* — Boots respondeu. — *Você precisa dar uma olhada, está acontecendo uma coisa meio estranha.*

CINCO

Meio estranha? Cooper pensou quando passaram pela enorme colheitadeira que se aproximava da casa. *Que tal "estranha para caramba?"*

Aquela máquina não era a única. Dezenas de máquinas agrícolas automatizadas estavam paradas em frente à casa, imbicadas na varanda como se estivessem esperando para entrar. Cooper lembrou-se do cenário de um presépio, as máquinas fazendo papel dos animais.

Quando ele e Murph saíram da caminhonete para apreciar melhor a cena bizarra, Boots chegou. Seu cabelo branco fazia-o parecer um pouco mais velho que Cooper. Não era um homem brilhante, mas era um fazendeiro de mão cheia.

— As máquinas estão saindo uma a uma dos campos e vindo para cá — disse Boots.

Cooper foi até a colheitadeira, abriu a cabine e deu uma olhada no piloto automático.

— Alguma coisa está interferindo na bússola delas — Boots continuou. — Magnetismo ou coisa parecida...

Isso era óbvio, Cooper pensou. Mas o que havia naquela casa que pudesse exercer esse tipo de força magnética? Pensou no drone, que também fora atraído para lá por alguma coisa desconhecida; talvez não diretamente pela casa, mas pelo menos por algo por volta daquela área. Qual era a chance de ambas as coisas acontecerem no mesmo dia?

Devia ser bem baixa.

Cooper foi até em casa, sem saber bem o que estava procurando. Mas o que quer que fosse, tinha certeza que encontraria.

Mas não achou nada na cozinha. Murph entrou depois dele.

— O que aconteceu, papai?

Antes que ele pudesse responder, ouviu uma nítida pancada, um som um tanto alto, vindo lá de cima. Foi depressa para a escada e subiu com cautela, pensando em mil possibilidades ao mesmo tempo.

Será que alguém tinha tentado sequestrar o drone e agora estava afetando as máquinas, invadindo a casa?

Ou seria outra coisa? Talvez outro drone tivesse caído no segundo andar, e agora chamasse desesperadamente seu "companheiro alado" através de algum código que estava afetando os equipamentos da fazenda.

Tinha certeza agora que não podia ter sido uma coincidência; o drone, o comportamento das máquinas de colheita. Tinha de haver uma conexão entre ambos.

Mas não consigo encaixar as peças do quebra-cabeça... Hesitou um pouco na entrada do quarto de Murph. A porta estava aberta e dava para ver lá dentro.

Uma parede inteira do quarto era uma estante, de alto a baixo. A maioria dos livros tinha pertencido à sua mulher, Erin, assim como o quarto todo quando ela era menina. Muito antes de terem se casado.

Agora era o quarto de Murph.

Ele notou que havia umas falhas na estante entupida de livros. Os que faltavam estavam no chão. De repente lembrou-se dos comentários de Murph, no começo do dia.

— Não importa *quais* os livros - Murph disse atrás dele, entrando no quarto. — Eu tenho analisado isso, como você sugeriu. — Pegou o caderno onde tinha desenhado. A página estava coberta com uns desenhos que pareciam um código de barras.

— Eu contei os espaços — falou, como se isso explicasse tudo.

— Por quê? — Cooper perguntou.

— Caso o fantasma esteja tentando dizer alguma coisa — explicou. — Estou tentando o código Morse.

— Morse?

— É, pontos e traços, usados para...

— Murph — Cooper falou, tentando ser delicado. — Eu sei o que é código Morse. Só não acho que sua estante esteja falando com você.

Ela o encarou, sentindo-se ofendida e sem jeito. Mas nem tentou responder.

Donald lhe ofereceu uma cerveja. Cooper aceitou e ficou olhando a esmo para os campos escuros, ao lado do velho sentado em uma cadeira provavelmente tão velha quanto ele próprio.

— Tive de ajustar todas as bússolas e GPSs para corrigir a anomalia — Cooper disse.

— Qual era o problema? — Donald perguntou.

Cooper deu um gole na cerveja. Estava fria e dava uma sensação boa na garganta, mas, para ele, o gosto não era tão bom. Cerveja era para ser feita com cevada. Não milho. Mas a cevada estava dormindo com os dinossauros agora, graças à praga.

— Não tenho ideia — disse, admitindo finalmente que seu vasto conhecimento e experiência agora pareciam estar ultrapassados, pois sua explicação era tão científica quanto a do fantasma da filha. — Se a casa tivesse sido construída em cima de mineral magnético, teríamos visto isso na primeira vez que ligamos um trator.

Donald fez que sim e deu um gole na sua cerveja. Não perguntou mais nada. Em vez disso, passou a falar de um assunto ainda mais desagradável.

— Parece que sua reunião na escola não foi muito bem.

Cooper deu um suspiro, lembrando do encontro, tentando identificar exatamente o que o havia deixado tão zangado. Teria sido a mentira sobre a Apollo?

Em parte. Mas havia uma coisa pior.

— Nós esquecemos quem somos, Donald. Exploradores. Pioneiros. Não *zeladores.*

Donald concordou, pensativo. Cooper esperou, sabendo que Donald demoraria a falar se achasse que tinha alguma coisa importante a dizer; pesaria suas palavras como quilos de milho antes de fazer um mínimo comentário.

— Quando eu era criança — disse finalmente — parecia que se criava uma coisa nova todo dia. Algum aparelho ou uma ideia. Como se todo dia fosse Natal. Mas *seis bilhões de pessoas*... — Sacudiu a cabeça. — Tente imaginar isso. E todas elas tentando ter tudo. — Olhou diretamente para Cooper. — Esse mundo não é tão ruim. Tom vai se dar bem, você que não pertence a esse lugar. Nasceu quarenta anos atrasado, ou quarenta anos adiantado. Minha filha sabia disso, Deus a abençoe. E seus filhos sabem.

— Principalmente a Murph — acrescentou.

Cooper olhou para o céu, onde as estrelas brilhavam como não se via mais com tanta frequência. Um show digno de ser apreciado. Ele identificou as Sete Irmãs, o Cinturão de Órion e Marte, que era uma esfera que brilhava com um vermelho fraco. Já houve uma época em que a humanidade planejava ir para lá. *Ele* já tinha planejado ir para lá, ou pelo menos essa era a ideia geral.

— Nós olhávamos para cima e imaginávamos nosso lugar nas estrelas — disse. — Agora olhamos para baixo e nos preocupamos com o nosso lugar aqui embaixo.

Donald o encarou com uma expressão compreensiva.

— Cooper, você era bom em alguma coisa e nunca teve chance de fazer nada com isso. Uma pena. Mas isso não é culpa dos seus filhos.

Cooper sabia que não tinha nada a dizer, então nem tentou. Continuou a observar a movimentação lenta do céu noturno, as milhares de estrelas que podia ver e as trilhões que não podia, devido à atmosfera e à distância. Homens e mulheres haviam estado lá. Homens tinham ido à lua, e essa realidade jamais mudaria por causa de mudanças em livros escolares.

Por mais inconveniente que esse fato pudesse ser para os *zeladores.*

SEIS

Alguma coisa no rosto do velho muda. Seus olhos observam alguma coisa que não podemos ver. Que não devemos ver.

— Dia 14 de maio — ele diz. — Nunca vou me esquecer. Me lembro como se fosse ontem. A gente nunca imaginaria...

O rosto de outro homem, também velho, com uma expressão bem semelhante à do primeiro.

— Quando a primeira das grandes veio — ele diz — achei que fosse o fim do mundo.

O barulho da bola no taco fez com que Cooper lembrasse que estava assistindo a um jogo, pelo menos por um instante.

Viu a bola ser lançada para cima como um foguete determinado a romper a atmosfera, depois diminuir a velocidade, parar brevemente e voltar em arco para a luva que esperava para agarrá-la. Ele olhou em volta das arquibancadas não muito cheias, onde um aplauso abafado não parecia aumentar o entusiasmo.

— Na minha época, nós tínhamos jogadores que eram realmente bons — disse Donald. — Quem são esses incompetentes?

A jogada muito alta foi a terceira fora, e o time em campo trocou de posição; estava escrito "New York Yankees" no uniforme deles.

— Bem, na *minha* época, as pessoas estavam lutando para conseguir comida, não tinham tempo para beisebol — lembrou Cooper — então considere isso um progresso.

Murph ofereceu um saco de pipoca para Donald.

— Certo — o velho resmungou, olhando aquilo como se fosse um saco de esterco. — Mas pipoca em um jogo de beisebol não vale. Eu quero um cachorro-quente.

Cooper olhou para a filha, que parecia confusa.

— O que é cachorro-quente? — ela perguntou.

Cooper olhou para Tom, sentado ao seu lado. Não se falavam desde o dia da reunião com o diretor, mas talvez fosse hora de falar sobre o assunto. Depois de um instante, com certa hesitação, ele pôs o braço em volta do menino.

— A escola disse que você vai seguir meus passos — falou para o menino. — Eu achei ótimo.

Tom o encarou com um ar cético.

— Você achou ótimo?

— Você *detesta* ser fazendeiro, papai — disse Murph. — O vovô me disse isso.

Ele não está ajudando muito... Cooper olhou chateado para Donald, que levantou os ombros como se estivesse se desculpando. *Não está ajudando nada.*

Meio desanimado, Cooper voltou a se concentrar em Tom.

— O importante é como *você* se sente sobre isso, Tom — disse. O menino ficou em silêncio por um instante, pensando no que responder.

— Eu gosto do que você faz — disse. Não estava brincando nem tentando ser irônico, respondeu com sinceridade. — Eu gosto da nossa fazenda.

Cooper ouviu a batida do taco de novo, mas dessa vez a multidão não reagiu. Na verdade, os jogadores em campo não reagiram tampouco; ninguém estava correndo para as bases nem tentando pegar a bola. Em vez disso, todos estavam voltando os olhares para cima.

Cooper também olhou para cima.

***

— *Vocês nunca viram coisa igual — diz o velho, com a voz grave ao lembrar do medo. — Preto. Tudo preto.*

A tempestade se formava no horizonte, uma parede de poeira voando na direção deles. Cooper sempre achou que essas tempestades mais pareciam tsunamis, principalmente aquela. O ar estava carregado de ozônio, e já começava a ventar enquanto a frente fria e seca que trazia a tempestade varria o ar quente da noite para longe.

A temperatura já tinha caído alguns graus. O cabelo do braço dele ficou arrepiado enquanto linhas tortuosas de fogo azul esbranquiçado dançavam na tempestade estígia como demônios de alguma mitologia antiga, vindo exigir sacrifício.

Talvez seja o que *está por vir,* Cooper pensou. Oferendas queimadas para apaziguar a poeira, aliviar a praga. Por que rejeitar só as conquistas científicas do último século e meio? Por que não desmerecer também as dos tempos da Babilônia e da Suméria?

O jogo tinha terminado, por certo. Todo o mundo saía às pressas do estádio, com lenços cobrindo o rosto para se protegerem da poeira que viria.

E lá se foi a diversão da família naquela noite.

— Vamos, minha gente — disse Cooper.

De início Cooper achou que fugiria antes que fosse atingido pela tempestade de poeira, mas essa esperança foi desvanecendo assim como a luz do sol. Donald e os filhos enfiavam freneticamente panos nas ventilações, fendas e qualquer lugar onde a poeira traiçoeira pudesse entrar na caminhonete.

Cooper sabia por experiência que aquilo não seria suficiente.

Pelo espelho retrovisor, via o monstro avançando e os prédios e as estradas sendo engolidos por ele. A caminhonete começava a sacudir.

Então foram atingidos pelo paredão de poeira, e tudo ficou escuro. O volante quase escapuliu das mãos de Cooper enquanto ele tentava desesperadamente manter-se na estrada; se é que ainda estavam na estrada. Ele não conseguia ver mais que um metro adiante, e a estrada estava tão rachada e erodida que parecia mais que estava dirigindo na terra. Seria fácil perder a direção. Como acontecera com Jansen, que caiu no leito antigo de um rio e foi soterrado. Mas não se deve esquecer que Jansen nunca teve muito senso de direção.

— Essa está brava — Donald comentou.

Nossa, jura? Cooper pensou. A tempestade que soterrara Jansen não tinha sido tão forte quanto essa. Não havia dúvida de que elas estavam piorando no correr dos anos. A Mãe Natureza exercia sua superioridade com um entusiasmo cada vez maior.

— Ponham as máscaras — disse Cooper. Murph e Tom obedeceram imediatamente; tiraram as máscaras cirúrgicas do porta-luvas e ajustaram-nas no rosto.

A caminhonete estremecia enquanto a tempestade passava ao redor deles. Cooper se esforçava para enxergar o pouco caminho visível em meio à escuridão. A visibilidade podia ser medida em alguns palmos. O vento açoitava cada vez mais a caminhonete.

A sorte de Cooper é que as terras em torno da sua propriedade eram bastante planas; sem morros, nada de subidas e descidas. Se sentisse alguma elevação, saberia que tinha saído da trilha, pisaria imediatamente no freio e esperaria a tempestade passar.

No final, conseguiu chegar em casa por conhecer de cor o caminho. Tinha feito esse percurso tantas vezes que a distância e as curvas estavam gravadas no cérebro. Ao chegarem na fazenda, ele finalmente teve tempo de se preocupar com as consequências da tempestade, pensar quais seriam os danos dessa vez, quantos painéis solares teriam de ser substituídos, quantas janelas estariam quebradas. Quanto da plantação teria sido perdida.

Quanto tempo levariam para tirar toda aquela poeira do chão, das roupas de cama, das xícaras, dos pires, das jarras...

Das roupas de baixo.

Cooper tentou olhar melhor, mas sua visão da casa ia e vinha em meio à tempestade negra.

Jogou o corpo para trás quando um pedaço de metal bateu no para-brisa. Esperaram um pouco até se recuperarem da surpresa, então Donald abriu a porta do carona, puxou Tom pelo braço, e os dois foram cambaleando, com os olhos fechados, na direção da casa.

Cooper segurou Murph e a tirou do carro.

Mesmo com os olhos fechados, a poeira entrava, e mesmo com a máscara, um pouco dela entranhava-se nos pulmões. Era fácil se perder numa tempestade dessas, mesmo sabendo que estavam a poucos passos da segurança; ou pelo menos da proteção do vento que transformava em projétil tudo aquilo que não estava bem preso no chão. Protegendo Murph com o corpo, ele foi andando para a casa. Chegou finalmente na varanda, pisou bem firme e seguiu Donald e Tom, que entravam pela porta da frente.

Afinal, não era sua primeira tempestade.

Lá dentro, as persianas batiam nas paredes, e a poeira entrava pelas frestas do assoalho e peitoris das janelas e entrava pela porta da frente com todas as forças, até Donald conseguir fechar a porta.

Cooper olhou em volta, calculando os danos, e de repente notou uma nuvem negra de poeira rolando escada abaixo.

Olhou para os filhos e perguntou:

— Vocês fecharam as janelas? — Tom disse que sim, mas pela expressão de Murph, Cooper confirmou o que já sabia. Em um segundo, ela começou a subir as escadas depressa para consertar seu erro.

— Espere aí! — ele gritou, seguindo-a.

Quando chegou no quarto de Murph, ela estava parada, olhando para o chão, com a janela ainda aberta. A tempestade, veloz e estridente, entrava quarto adentro. Contendo-se para não proferir coisas impróprias, Cooper atravessou o quarto, agarrou a veneziana de madeira e fechou a janela, afastando imediatamente o barulho do vento.

Mas a poeira permanecia no ar, tão fina e traiçoeira quanto grafite em pó.

Murph continuou ali, olhando fixo para o chão, com os olhos arregalados. Então Cooper viu por quê. Riscas estavam se formando na poeira suspensa, como se um gigantesco pente invisível estivesse sendo passado pelo ar, do chão até o teto. Percebeu que a poeira estava com uma velocidade anormal, empilhando-se no chão; não a esmo, mas em linhas definidas, que formavam um desenho distinguível.

— O fantasma — disse Murph.

O fantasma. Cooper não contradisse a filha dessa vez. Também estava pasmo com aquilo.

A poeira estava se juntando, como se caísse em fios, mas não havia fio algum à vista. Ele lembrou que quando era menino, tinha visto um brinquedo muito antigo que pertencera ao seu tio. Consistia basicamente em um pedaço de papelão com um rosto humano desenhado, coberto com um plástico de bolha. Dentro da bolha, havia limalhas de ferro bem fininhas. O brinquedo vinha com um ímã em forma de lápis, e ao segurar esse ímã por trás do papelão, as limalhas em volta formavam um rosto com cabelo e barba.

De frente, parecia que uma força invisível arrastava as limalhas, dando-lhes forma. O que era o caso, é claro, pois campos magnéticos são invisíveis ao olho humano. Porém, a origem daquele pequeno truque, o campo magnético, o ímã, podia ser facilmente descoberta por quem olhasse por trás do papelão.

O mesmo não podia ser dito sobre o que estava ocorrendo diante dos seus olhos.

A poeira não era metal. Não era atraída por campos magnéticos. E abaixo do desenho só havia o chão; nenhuma mão, humana ou qualquer outra, estava manejando um ímã oculto. Mas era inegável que alguma coisa estava atraindo a poeira, e não era a esmo.

Alguém estava por trás do papelão com... alguma coisa.

Cooper sentiu um arrepio na espinha. O drone. As colheitadeiras.

Agora isso.

— Pegue seu travesseiro — disse a Murph. — Você vai dormir com o Tom.

Ela obedeceu, com certa hesitação.

SETE

Ao acordar na manhã seguinte, Murph tentou entender o que estava errado. Onde ela estava. Certamente, não era o seu quarto; tratava-se de um lugar muito menos cheiroso.

Ao ouvir uma pilha de travesseiros roncando, entendeu; estava no quarto de Tom, por alguma razão.

Então lembrou-se de tudo. A tempestade de poeira, a janela aberta, o fantasma riscando linhas na poeira. Havia tentado dormir, queria desesperadamente ver o que o fantasma tinha escrito. Então finalmente adormeceu e teve sonhos mais loucos que os de costume.

Agora, finalmente, o dia havia clareado.

Estava frio, e ela se embrulhou em um cobertor antes de sair do quarto de Tom e passar para seu próprio quarto, com medo de não encontrar nada lá a não ser uma pilha de poeira. Mais uma coisa para o pai dizer que não era nada. Era pura imaginação sua.

Ele estava sempre disposto a brigar quando os outros não a levavam a sério, como ontem na escola. Mas no fim das contas, ele era o pior de todos.

Então ela entrou no seu quarto, pronta para se desapontar.

Mas ao passar pela porta, viu que o pai já estava lá, e só então percebeu, chocada, que ele talvez tivesse ficado lá a noite toda.

A poeira tinha baixado agora, cobrindo a casa toda com uma camada fina de pó. Teriam de limpá-la logo.

A não ser ali, no seu quarto.

O pai estava olhando para um desenho formado por linhas na poeira; umas grossas e outras mais finas. Ela lembrou do seu próprio desenho no dia anterior.

Sentou-se ao lado do pai. De início ele não disse nada, só estava segurando uma moeda.

— Não é um fantasma — ele disse.

Em seguida, jogou a moeda sobre o desenho. Assim que ela cruzou uma linha, virou e caiu no chão.

— É a gravidade.

Donald subiu as escadas, cansado, e viu Cooper e Murph no quarto de Erin... ou melhor, no quarto de Murph, ainda examinando a poeira no chão. Tinham ficado ali a manhã toda; e provavelmente a noite toda.

Nenhum dos dois levantou os olhos quando ele entrou.

— Vou deixar o Tom na escola — Donald informou — depois vou dar um pulo na cidade. — Olhou para o desenho no chão, para o pequeno projeto de feira científica com o qual Cooper e Murph estavam obcecados. — Vocês vão limpar aqui quando terminarem de rezar? — perguntou num tom ríspido.

Ninguém respondeu.

Tudo bem, então...

Quando saiu, Cooper pegou o caderno de Murph, sem dar uma palavra, e começou a rabiscar nele.

***

Depois que o avô e Tom foram embora, Murph passou um tempão pensando no seu fantasma e no que ele estava tentando lhe dizer.

Ficou contente pelo pai finalmente prestar atenção nas coisas estranhas que estavam ocorrendo no seu quarto, mas de certa forma ficou um pouco aborrecida. A investigação era *sua*, não era? Ele próprio lhe dissera isso, e mandou que ela fizesse tudo de forma científica. Bem, Murph seguiu o conselho, mas mesmo assim o pai não a levou a sério.

Agora, depois que *ele* viu uma coisa estranha, ficou intrigado.

E estava com o caderno *dela*.

A certa altura, a barriga de Murph começou a roncar, e ela desceu para fazer uns sanduíches. Encheu dois copos com água e levou tudo para o quarto. O pai provavelmente também estava com fome, pois não tinha comido nada ainda.

Dessa vez, quando Murph entrou, Cooper olhou para ela.

— Saquei uma coisa — disse, apontando para as linhas grossas e finas. — É código binário. A linha grossa é um, a fina é zero.

Estava entusiasmado, dava para ver. Talvez nunca o tivesse visto tão entusiasmado assim. Seus olhos brilhavam, e ele tinha um sorrisinho nos lábios. Levantou o caderno e mostrou-lhe os pares de números que ele tinha escrito.

— Coordenadas — disse.

Pouco depois pegou um monte de mapas em um armário e os espalhou na mesa da cozinha. Tirou dois da pilha e os jogou para o lado, depois escolheu outro e o abriu sobre a mesa, passou os dedos pelos contornos, atravessou os rabiscos azuis de riachos que agora eram leitos secos, e passou pelos nomes de cidades onde prédios vazios ruíam aos poucos no chão e na poeira.

Perguntou-se se um dia haveria mapas novos. Talvez. Mas não como aquele, criado com os dados de satélites e aviões em missões de reconhecimento. Não, os próximos mapas seriam feitos com fitas métricas e alidades, por homens e mulheres que levavam facões para abrir caminho na mata.

Isso se tivessem sorte. Se a agrimensura ainda sobrevivesse aos livros didáticos “revisados”.

Seu dedo parou no ponto onde a longitude e latitude informadas se encontravam. Não havia nada marcado no mapa, nem ele esperava que houvesse.

Hora de fazer uma viagem, pensou com ansiedade.

OITO

Murph parecia infeliz enquanto Cooper colocava na caminhonete um saco de dormir, uma lanterna e outros suprimentos.

— Você não pode me largar aqui — ela protestou de novo.

— O vovô vai voltar daqui a duas horas — disse a ela. Mas sabia que não era a isso que a filha se referia.

— Você não sabe o que vai encontrar! — ela disse.

— É por isso que não posso te levar — ele explicou. O que ela não estava percebendo? Por que não podia compreender? Quando a gravidade escreve coordenadas no chão da sua casa, não se leva sua filhinha para descobrir como e por quê. Ele não era idiota.

Ela piscou para ele com raiva, depois voltou correndo para casa.

Ela vai ficar zangada por um tempo, ele imaginou. *Vou encontrar uma forma de compensar isso.* Era melhor do que deixá-la correr algum risco.

Uns minutos depois, satisfeito com sua carga, Cooper entrou em casa para buscar os mapas e uma garrafa d'água. Hesitou um instante e olhou para o segundo andar, onde Murph provavelmente estava no seu quarto, emburrada.

— Murph! — gritou, mas não ouviu resposta. Não que isso fosse uma surpresa. Não sabia se devia subir para falar com ela, mas achou que seria uma perda de tempo.

— Murph, espere seu avô aqui — gritou de novo. — Diga para ele que vou entrar em contato pelo rádio.

Saiu de casa, entrou na caminhonete e foi embora.

Para onde iria? A filha tinha uma anomalia gravitacional no quarto. Bem, havia anomalias gravitacionais por todo o mundo; realmente muitas se você não fosse excessivamente criterioso com detalhes. Gravidade e massa eram intimamente ligadas; quanto mais massa uma coisa tivesse, mais ela curvaria o espaço-tempo, mais atrairia outros corpos.

Mas as anomalias não tendiam a aparecer do dia para a noite, em um lugar mínimo na casa de alguém, *no quarto* de alguém. E em geral não apresentavam desenhos de coordenadas de mapas, traduzidos em código binário. Coordenadas para um lugar relativamente próximo.

Abriu o mapa por cima do volante e procurou uma caneta. Não encontrou no assento do carona, nem no porta-luvas, então procurou no chão embaixo do porta-luvas, onde um cobertor cobria uma porção de coisas. Levantou o cobertor.

E de repente apareceu um rosto sorridente, de cabelo vermelho.

— Meu Deus! — gritou, quase dando um pulo com o susto.

Rindo, *rindo*, Murph levantou-se e foi se sentar.

— Não tem graça nenhuma — ele começou, mas ela continuou a gargalhar. O pai começou a reclamar com a filha de novo, evitando rir.

E então riu também.

— Você não estaria aqui se não fosse por mim — ela disse, depois que parou de rir.

Ele percebeu que aquela era uma sensação boa. Ficar rindo com a filha. Dividir aquele momento com ela.

Embora não quisesse expô-la a nenhum perigo, achou que a longo prazo talvez fosse bom fazerem essa viagem juntos.

Passou o mapa para Murphy.

— Tudo bem — disse, fazendo força para não rir de novo. — Então faça alguma coisa de útil.

Adiante, enquanto atravessavam a planície, as montanhas surgiram no horizonte; e o destino deles era em algum lugar naqueles picos. Ele calculou que chegariam lá quando escurecesse.

Enquanto se aproximavam do sopé das montanhas, Murph começou a dormir. Cooper olhou para ela na penumbra, para as feições que eram uma mistura interessante das do pai com as da mãe. Imaginou por um instante o que a filha faria no futuro, que tipo de pessoa seria.

Não uma fazendeira, tinha certeza. Nem mulher de fazendeiro. Nem mesmo naquele mundo de "zeladores" deles, onde as pessoas se habituavam aos poucos a ter cada vez menos escolhas, até não terem nenhuma.

Voltou de novo a atenção para o sopé escuro das montanhas e lembrou-se do código binário que infestara a casa. Será que aquilo fazia sentido mesmo? Ele estaria vendo significado em um desenho que havia sido feito ao acaso?

Como alguém poderia se recusar a acreditar que o homem tinha pisado na lua?

Não culpava Murph por ter provocado aquela garotada.

Fez uma curva, depois outra por uma estrada estreita e sinuosa. Estavam em um desfiladeiro quando escureceu por completo, e suas velhas amigas, as estrelas, começaram a observar as terras abaixo através do ar mais rarefeito das montanhas. Depois sentiu um grande desejo que achou que estava quase esquecido. Sentiu como se tivesse deixado de alguma forma o mundo que conhecia e entrado em um mundo mais novo. No escuro, com as montanhas à sua volta e nenhum milho à vista, era tudo igual a vinte anos atrás, ou mais.

Aquele momento podia ser qualquer época. Isso se não fosse pela filha, que dormia no banco do carona. A flecha do tempo fazia-se visível.

Ainda estava considerando a tirania da entropia quando atingiu as coordenadas. Ele estava lá, ou o mais próximo possível de onde podia estar, com uma cerca de arame no caminho.

Olhou um instante para aquilo, perguntando-se por que aquele lugar, por que ali? Não via nada especial além da barreira, certamente nada cósmico o bastante para que fosse necessária uma mensagem escrita com a gravidade. Mas era ali; logo saberia se estava certo ou delirando.

A resposta encontrava-se a poucos metros de distância. E lhe era negada por uma cerca.

A filha continuava dormindo.

— Murph — chamou baixinho. — Murph. — Ela abriu os olhos e olhou em volta, meio grogue, tentando se sentar.

Ele fez um sinal para a cerca.

— Acho que é o fim do caminho.

Murph olhou para a cerca e fechou os olhos de novo.

— Por quê? — perguntou sonolenta. — Você não trouxe o alicate?

Ele deu um largo sorriso. Sua filha era assim.

— Eu gosto do jeito que você pensa, mocinha — falou.

Saiu da caminhonete e pegou o alicate na caçamba, sentindo o cabo de madeira liso e frio. Olhou para os dois lados da estrada, mas não havia nem luz nem som algum, só o silêncio de uma noite na montanha. Chegou com o alicate para cortar a cerca...

Uma luz ofuscante explodiu, e ele pôs as mãos no rosto para proteger os olhos. Uma voz se fez ouvir, estrondosa, áspera, artificial; eletrônica.

— *Não se aproxime da cerca.*

Ele largou o alicate e pôs as mãos para o alto. Ainda não via nada a não ser o brilho dos holofotes.

— Não atire! — gritou. — Minha filha está no carro! Eu estou desarmado! Minha filha está...

Do carro, Murph ouviu um som agudo e imediatamente sentou-se no banco. Viu um clarão de luz azul actínica; o pai cambaleou e caiu no chão como um saco de grãos de milho. Ela sentiu o carro tremer e ouviu o barulho surdo de passos fortes enquanto se revirava no banco, tentando pensar... ou melhor, tentando *não* pensar no que acabara de acontecer com o pai...

A porta abriu de repente e uma luz ofuscante invadiu o carro.

— Não tenha medo — disse uma voz estranha, que não parecia humana.

Mas ela estava com medo, e gritou.

NOVE

Cooper acordou com o brilho da luz. Não era o sol. Também não eram holofotes; não, aquilo era o que ele lembrava de ter visto na infância em prédios do governo, supermercados, hospitais.

Iluminação institucional.

Tudo à sua volta encaixava-se nessa luz. Todas as superfícies eram limpas, polidas, bem cuidadas; e absolutamente sem poeira. E o ar tinha um cheiro estranho. Ou melhor, *não tinha cheiro nenhum.* Nada. Ele estava tão acostumado a cheirar poeira e pragas que esse cheiro só era verdadeiramente perceptível por sua ausência. O ar que respirava agora era filtrado, escovado. Limpo.

Se tivesse que dar um palpite, diria que estava em algum tipo de complexo industrial.

Mas isso era impossível.

Estava sentado em uma cadeira, em frente a uma grande placa de metal retangular, cinzenta, com várias dezenas de segmentos articulados; um cuboide com uma série de cuboides menores, como os blocos de brinquedo da sua infância que eram agrupados para construir coisas.

A máquina tinha uma tela com dados no alto.

Lembranças começaram a girar na sua cabeça. Lembrou-se do choque que fez seu corpo tremer. Lembrou-se de...

Murph!

Olhou em volta desesperadamente à procura da filha.

— *Como você encontrou este lugar?* — a placa perguntou, com voz eletrônica. A voz que ouviu na cerca de arame.

— Onde está minha filha? — Cooper perguntou. Seu corpo estava todo arrepiado agora, de medo e raiva.

— *Eu vi as coordenadas para este lugar marcadas no seu mapa* — disse a máquina, ignorando a pergunta dele. — *Onde arranjou essas coordenadas?*

Cooper aproximou-se da coisa.

— Onde está minha filha? — gritou, mas a máquina não respondeu. Cooper examinou-a um pouco mais, tentando se controlar. — Você pode pensar que ainda é da marinha — disse — mas eles não existem mais, meu chapa. Eu tenho máquinas como você que cortam a minha grama...

De repente os dois lados da máquina alongaram-se e a placa central veio para a frente, parecendo um retângulo gordo equilibrado em muletas grossas e maciças. Aproximando-se dele.

— *Como você nos encontrou?* — insistiu.

— Mas você não me parece um cortador de grama — Cooper continuou. — Vou te transformar em um aspirador de pó hiperqualificado...

— Não vai, não — disse uma voz de mulher.

Cooper virou-se.

A mulher, na faixa de trinta anos, tinha cabelo castanho curto, olhos escuros grandes e uma boca expressiva. Usava um suéter preto e parecia, assim como o lugar, muito limpa.

— Tars — disse para a máquina — para trás, por favor.

O velho dispositivo militar obedeceu; as "pernas" dobraram-se para dentro do tronco e ele se tornou um cuboide de novo.

Cooper examinou a mulher em busca de alguma pista que lhe dissesse quem ela poderia ser, quem representava. Será que ele tinha caído em alguma operação ilegal? Infelizmente, isso explicaria vários fatos ali. O segredo, os robôs ocultos, a ameaça à sua pessoa; o desaparecimento de Murph. Mas qual era a relação disso com a mensagem bizarra no chão do quarto?

E o que estavam fazendo? Fabricando armas, talvez? Haveria uma nação em algum lugar pronta para quebrar o tratado internacional de desarmamento? Ele sabia que as coisas estavam difíceis, mas certamente todo o mundo sabia a essa altura que uma volta à guerra só tornaria as coisas piores.

E se fosse seu próprio governo por trás disso? Essa seria realmente a pior possibilidade, percebeu. Talvez a mensagem no chão do quarto de Murph não fosse para atraí-lo para lá, mas para avisá-lo para ficar longe dali. Talvez fosse alguma coisa ligada ao drone.

A mulher o examinava também, e não pareceu muito impressionada com o que viu. Aquilo deixou-o meio irritado.

— Você está correndo um risco usando equipamento antigo do exército como seguranças — disse a ela. — Eles são bem velhos, as unidades de controle são imprevisíveis.

— Bem, foi o que o governo pôde ceder — ela replicou.

O governo. Isso respondia a uma pergunta. Não era a resposta que ele queria. Mas pelo menos ela estava falando.

— Quem é você? — Cooper perguntou.

— Dra. Brand.

Cooper fez uma pausa. Aquele nome lhe era familiar.

— Eu conhecia um dr. Brand — falou — mas ele era professor...

— E por que acha que eu não sou? — ela interrompeu, franzindo a sobrancelha.

— ... mas ele não era uma moça bonita como você — terminou.

Uma expressão entre incredulidade e repulsa passou pelo rosto dela.

— Você acha que pode *flertar* para sair dessa confusão?

O que eu fui fazer? ele pensou, desesperado. De repente seu medo de perder Murph ficou maior do que nunca. Ele estava ferrado, e causar um tumulto não ia adiantar nada.

O problema era que ele não tinha certeza de como deveria enfrentar isso. Foi tudo muito súbito, muito desorientador, e não conseguia tirar da cabeça as imagens do que poderia ter acontecido ou estar acontecendo com a filha. Tinha sentido uma coisa semelhante antes, nos Straights, quando o computador o ejetara da nave.

Desamparado. Sem controle do próprio veículo.

Tinha de focar nos seus pensamentos.

— Dra. Brand — disse com calma — eu não tenho ideia do que é essa "confusão". Estou muito preocupado com a minha filhinha, e quero que ela fique ao meu lado. Depois digo qualquer coisa que a senhora quiser saber. — Fez uma pausa para dar tempo de a dra. Brand pensar naquilo. — Ok?

Ele achou que ela ficou muito tempo pensando no pedido até voltar-se novamente para a máquina.

— Leve os diretores e a menina para a sala de conferências — ela disse, depois voltando a atenção para Cooper. — Sua filha está bem. É uma menina inteligente. A mãe dela também deve ser.

Enquanto Brand o levava pelo corredor, Cooper sabia que o robô se encontrava ali também, bem juntinho, logo atrás dele. E apesar de ter falado que o transformaria em uma torradeira ou outra coisa qualquer, sabia que se entrasse numa briga com ele, não teria a menor chance de ganhar. Ele poderia cortar seu cérebro em dois com um único movimento.

Então não adiantava se preocupar. Resolveu concentrar-se para descobrir onde estavam. Ou talvez, ainda mais importante, qual era o propósito daquele lugar.

Onde quer que estivesse, o tempo que estavam levando para atravessar o corredor mostrava que aquele lugar era *bem grande*; maior do que uma fábrica de armas precisava ser. A não ser que estivessem produzindo armas nucleares e os mísseis necessários para lançá-las.

Isso seria uma explicação. Com a cabeça fervilhando de ideias, começou a imaginar as possibilidades. Uma bomba de nêutrons detonada, digamos, em uma área agrícola da Ucrânia, poderia matar todas as safras e todos os fazendeiros; e os campos poderiam ser reutilizados em um ou dois anos. *Mais alimento para os Estados Unidos.*

Seria essa a missão? Ele não queria acreditar que fosse.

Porém havia muitos corredores por todo canto. Tinham que dar em *algum lugar*. Mas ele não via nenhuma janela, claraboia nem portas mostrando o mundo lá fora. Estariam no subsolo?

Parecia uma explicação provável. Senão, *alguém* teria descoberto aquele lugar há muito tempo. E uma fábrica subterrânea seria perfeita para construir coisas grandes, terríveis e antiéticas. Aquilo podia ser até uma das antigas instalações da NORAD, a sigla em inglês para o Comando de Defesa Aeroespacial da América do Norte, repleta de remanescentes de um arsenal nuclear outrora vasto.

Ele nunca tinha ouvido falar de uma base localizada naquelas montanhas específicas, mas o que não sabia sobre a Guerra Fria daria para pôr numa coleção inteira de livros.

Quanto mais via, menos confiante ficava. Mesmo que *fosse* subterrâneo, um lugar assim precisaria de suprimentos. Esconder alguma coisa tão imensa exigiria muita... determinação. Atenção a detalhes.

Pensou de novo no robô militar andando atrás dele, bem juntinho.

— Está bem claro que vocês não desejam ter visitas — disse. — Por que não nos levam até a cerca e nos deixam voltar para casa?

— Não é simples assim — disse Brand.

— É claro que é — ele falou, tentando não mostrar que estava em pânico. — Eu não sei nada sobre você nem sobre esse lugar.

— Sabe, sim — ela replicou. Isso não era nada bom, pois queria dizer que até mesmo saber as coordenadas era demais.

DEZ

Depois de uma caminhada tensa, logo chegaram ao seu destino. Era uma típica sala de conferências antiga, com uma série de fotos nas paredes e uma grande mesa no centro. Sem janela, é claro.

Ela mandou-o entrar.

Havia algumas pessoas ali, mas a única que lhe importava era Murph. Estava viva, *graças a Deus,* e aparentemente inteira. Pelo menos até agora.

Mas Cooper não conseguia se livrar da ideia de que se encontravam debaixo da terra, que ninguém sabia onde estavam, e se continuassem desaparecidos, ninguém jamais saberia por quê. Tom assumiria a direção da fazenda, e Donald ajudaria até quando pudesse. As pessoas ficariam um tempo se perguntando o que teria acontecido com Cooper e sua filha.

Provavelmente foram soterrados em uma tempestade de poeira, a maioria pensaria. As pessoas não têm muito tempo nem tolerância para mistérios nos dias de hoje.

Um homem idoso estava agachado ao lado de Murph, conversando com ela. Murph levantou os olhos quando Cooper entrou.

— Papai! — gritou, atravessando a sala e caindo nos seus braços. Por um instante, ele se esqueceu de tudo, feliz de ter a filha ali, mas ao ver o velho levantar-se e sorrir, reconheceu-o logo.

— Olá, Cooper — disse o homem.

Ele hesitou um pouco, sem conseguir abrir a boca.

— Professor Brand? — falou finalmente.

— Sente-se, sr. Cooper — disse um dos homens da mesa; era um rapaz jovem, de cabelo escuro e barba. O professor permaneceu em silêncio.

Com a cabeça girando, Cooper obedeceu e puxou uma cadeira. Murph sentou-se ao seu lado. Havia mais cinco pessoas na mesa. Uma delas, um homem mais velho, de óculos e com ar de autoridade, dirigiu-se a eles.

— Explique como você descobriu este lugar.

— Dei de cara com ele — Cooper mentiu. — Estava procurando meu caminho, e quando vi a cerca...

O homem levantou a mão e o interrompeu. A expressão desconfiada do seu rosto tornou-se uma expressão de desaprovação.

— Você está no lugar mais secreto do mundo. Você não dá de cara com este lugar. E certamente não vai cair fora.

— Cooper, por favor — disse o professor Brand, com a voz tão tranquila e apaziguadora quanto era décadas antes. — Coopere com essas pessoas.

O professor era um bom sujeito; pelo menos, era o que Cooper lembrava. Não era o tipo de homem que se envolveria com situações questionáveis. Mas havia muitas coisas que ele no passado pensara que fossem verdade.

Ainda assim, ao olhar o professor Brand, *quis* confiar nele.

Talvez a verdade seja nossa melhor chance, Cooper pensou. Mas ao examinar os rostos hostis à sua volta, notou que a verdade que iria dizer pareceria uma loucura.

— É difícil explicar — começou — mas nós soubemos dessas coordenadas a partir de uma anomalia...

— Que tipo de anomalia? — outro homem perguntou. Era o sujeito de cabelo preto que mandara Cooper se sentar. Havia uma intensidade na pergunta, e assim que foi feita, todos na mesa pareceram ficar um pouco mais alertas.

— Não quero chamar isso de "sobrenatural" — disse Cooper — mas...

Alguns homens olharam para o lado como se estivessem frustrados. O que quer que quisessem ouvir, não ouviram. Então o homem de óculos inclinou-se de novo para a frente, com o rosto e o tom de voz sérios.

— Vai ter de ser mais específico, sr. Cooper — disse. — E bem depressa.

Ok, lá vai fogo...

— Foi depois da tempestade de poeira — disse. — Nós vimos um desenho... na poeira...

— Era *gravidade* — Murph declarou sem rodeios.

E de repente todos olharam pasmos para a filha dele, animados como crianças na manhã do Natal. O homem de cabelo preto, o jovem barbudo sem óculos, olhou para o professor Brand, depois para Cooper.

— *Onde estava* essa anomalia gravitacional? — perguntou.

Mais uma vez, Cooper olhou em volta da sala.

— Olhe — falou com cautela — fico feliz de vocês estarem animados sobre a gravidade, mas se quiserem mais respostas de nós, vou precisar de garantias.

— Garantias? — o homem de óculos perguntou.

Cooper cobriu os ouvidos de Murph com as mãos. Ela olhou para o pai, mas ele a ignorou.

— Que a gente vai poder sair daqui — falou baixinho e com firmeza. — E não na mala de algum carro.

De repente a dra. Brand começou... a rir. Cooper não poderia ter esperado uma reação assim. Até o homem de óculos sorriu.

— Você não sabe quem nós somos, Coop? — perguntou o professor Brand olhando para ele, aparentemente estupefato. Cooper começou a achar que todos ali sabiam qual era a piada, menos ele.

— Não — respondeu, achando que estava enlouquecendo. — Não sei, não.

Brand, a moça bonita, apontou para todos na mesa.

— Williams — disse, indicando o homem de óculos. Depois continuou: — Doyle, Jenkins, Smith. Meu pai você já conhece, o professor Brand.

— Nós somos da NASA.

— NASA?

— NASA — afirmou o professor Brand. — A mesma NASA para a qual você voou.

Todos deram um risinho, e de repente Cooper começou a rir também. Sentiu-se aliviado como se tivesse tomado uma ducha de água. Depois olhou para Murph, que parecia confusa, sem entender a essência do que estavam falando.

Então uma das paredes abriu-se, e através da fresta Cooper viu uma coisa que nunca imaginou que veria de novo. Os bocais de exaustão de um foguete auxiliar.

— Ouvi dizer que você foi demitido porque se recusou a jogar bombas da atmosfera sobre pessoas famintas — Cooper disse ao professor Brand quando entraram na câmara com a nave espacial e passaram para outra parte do complexo.

O professor fez sinal negativo.

— Quando eles perceberam que matar outras pessoas não era a solução a longo prazo, nos chamaram de volta. E nos colocaram na antiga instalação da NORAD. Em segredo.

Então eu estava certo sobre a NORAD, pelo menos.

— Por que segredo? — Cooper perguntou.

— A opinião pública não permitirá que se gaste dinheiro com exploração espacial — o professor respondeu. — Não quando estamos lutando para pôr comida na mesa.

É por isso que se fez tanto esforço para convencer as pessoas de que *o programa espacial era um mito, uma fraude,* Cooper percebeu de repente com toda a clareza. Lembrou-se de novo da conversa com a professora de Murph, a srta. Hanley. O que ela tinha dito mesmo? "*Nossos filhos precisam aprender sobre* este *planeta. Não ficar ouvindo histórias sobre pessoas que saíram dele.*"

Como se a Terra existisse sem o sol, os planetas, as estrelas, o resto do universo. Como se fossem ter todas as respostas de que precisavam se olhassem mais firme para a terra.

Aproximaram-se de uma porta grande. O professor Brand abriu-a e pediu para Cooper entrar.

Como tudo que ele tinha descoberto nas últimas vinte e quatro horas, o que viu agora não era o que esperava. Na verdade, levou um instante para entender o que era aquilo. A princípio, achou que estava na área externa daquele lugar, mas depois de algumas batidas do coração, notou que não era o caso. Aquilo diante dele era a maior estufa que já tinha visto na vida. Campos do tamanho de plantações, tudo envidraçado.

— A praga — disse o professor. — Trigo há sete anos, quiabo esse ano. Agora só há milho.

Ele se sentiu um pouco mordido. Afinal, estava falando com um fazendeiro agora.

— Mas a plantação está melhor do que nunca — protestou.

— Como as batatas na Irlanda, e a grande seca dos Estados Unidos dos anos 30 que ceifou todo o trigo, o milho vai morrer — disse o professor Brand. — Em breve.

A dra. Brand entrou com Murph, que olhou em volta sem esconder o quanto estava estupefata. Cooper tinha visto lugares assim, mas havia muito tempo. Murph nunca tinha visto nada igual.

Os olhos dela também pareciam exaustos.

— Murph está um pouco cansada — disse a doutora Brand. — Vou levá-la para tirar um cochilo no meu escritório.

Cooper fez que sim, um tanto aliviado. Aquela era uma conversa que a filha provavelmente não precisava ouvir.

— Nós vamos dar um jeito — Cooper protestou, depois que ela saiu. — Sempre damos.

— Levados pela fé inabalável de que a Terra é nossa — disse o professor Brand, num tom meio sarcástico.

— Não é *só* nossa — disse Cooper. — Mas é o nosso lar.

O professor olhou-o com certa frieza.

— A atmosfera da Terra tem 80 por cento de nitrogênio — lembrou. — Nós nem respiramos nitrogênio. — Apontou para um pé de milho. As folhas tinham manchas e riscos acinzentados; os grãos estavam inchados e também haviam perdido a cor. Eram sinais indicativos de infecção. — A praga respira — continuou o professor. — E à medida que prolifera, diminui cada vez mais o oxigênio no nosso ar. — Fez um gesto para Murph. — Os últimos a morrerem de fome vão ser os primeiros a sufocarem até a morte. A geração da sua filha vai ser a última a sobreviver na Terra.

Cooper olhou para ele. Queria continuar a protestar, a defender sua esperança. Novas espécies de milho poderiam ser desenvolvidas. A reação à praga poderia vir a qualquer momento. Os seres humanos eram criativos; era sua característica como raça.

Mas lá no fundo, ele sabia que tudo o que o professor Brand estava dizendo era verdade. De repente, imaginou Murph lutando para respirar, com os olhos, a boca e as narinas cheias de poeira...

Virou-se para o professor.

— Por favor, me diga que você tem um plano para salvar o mundo — disse.

***

A próxima parada foi em outra sala, em escala tão maior que deixava a última parecendo minúscula. Mas dessa vez Cooper entendeu imediatamente o que estava vendo, e sentimentos que tinha recalcado por longa data vieram à tona.

Era um foguete multiestágio, dos grandes, contido dentro de uma câmara cilíndrica *muitíssimo maior.* De fato, a câmara de lançamento parecia muito maior que o necessário, em várias ordens de grandeza. Ele se sentiu como uma formiga em um silo de grãos. Bem lá no alto brilhava uma luz, dessa vez inegavelmente a luz do sol, refletida por um círculo de espelhos.

Pelo visto, parecia estar amanhecendo lá fora.

— Não é para salvarmos o mundo — disse o professor Brand. — É para *sairmos* dele.

Cooper não conseguia tirar os olhos do foguete. Observou-o atentamente, apreciando cada centímetro de sua beleza, sem se apressar. Na parte mais alta, identificou duas elegantes naves juntas uma à outra, e reconheceu-as.

— Rangers — murmurou. Descendentes diretos dos aviões-foguete como os X-15 e dos ônibus espaciais que se seguiram, os Rangers, munidos de asas, podiam manobrar facilmente em atmosferas. Mas ao contrário dos seus antecessores, eram igualmente apropriados para o espaço sideral; pelo menos em teoria. Nenhum deles chegou lá a tempo antes do programa ser cancelado.

Ou pelo menos era o que ele acreditava. Assim tinham lhe dito quando ele foi forçado a se desligar e ir para o campo "cumprir seu dever", quase vinte anos atrás.

— Os últimos componentes de nossa única nave versátil em órbita, a *Endurance* — disse o professor Brand. — Nossa expedição final.

Final, Cooper pensou, estonteado. Queria dizer que houve outras. E havia um grande número de naves no seu tempo. Ele sempre achou que tivessem sido desmontadas e transformadas em equipamentos agrícolas. Mas agora...

— O que aconteceu com os outros veículos? — perguntou.

Uma expressão nova e inescrutável passou pelo rosto do velho.

— As missões Lázaro — disse.

— Parece animador — Cooper comentou.

— Lázaro voltou dos mortos... — o dr. Brand começou a explicar.

— Ele teve de morrer primeiro — Cooper interrompeu. — Vocês mandaram gente para lá em busca de um novo lar...? — perguntou incrédulo, mas o professor Brand assentiu, como se tudo fizesse um sentido absoluto.

— Não há nenhum planeta no nosso sistema solar onde se possa viver — disse Cooper. — E eles levariam mil anos para chegar à estrela mais próxima. Dizer que isso é inútil seria pouco... — continuou, sacudindo a cabeça. — Para onde eles foram mandados, professor?

— Cooper, eu não posso te dizer nada mais a não ser que você concorde em pilotar essa nave.

Cooper olhou para ele, atônito.

— Você foi o melhor piloto que já tivemos — o velho acrescentou.

De que ele estava falando? Fazia décadas que isso acontecera. Tudo que Cooper tinha aprendido durante grande parte da sua vida adulta lhe dizia que essa coisa toda era impossível. No entanto...

Ser convidado a participar lhe causou uma inegável emoção.

E por isso mesmo, tinha de ser mais cauteloso que nunca.

— Eu mal saí da estratosfera — falou.

— Nossa tripulação nunca saiu do *simulador* — o professor explicou. — Não podemos fazer essa missão de forma remota, a partir da Terra, e não sabemos o que existe lá fora. Precisamos de um piloto. E você foi treinado para essa missão.

Cooper tentou se lembrar do seu treinamento. É claro que ninguém jamais mencionou para ele qualquer coisa desse tipo. Ele tinha pensado em Marte, talvez, ou até mesmo na lua Europa.

— Sem nunca saber. Uma hora atrás vocês nem sabiam se eu ainda estava vivo. E vocês iam de toda forma.

— Não tínhamos escolha — disse o professor Brand. — Mas alguma coisa trouxe você aqui. *Eles* escolheram você.

Cooper sentiu um calafrio ao se lembrar do fantasma de Murph, as linhas na poeira, as coordenadas que lhe mostravam o caminho para esse lugar e essas pessoas. No fundo, achara que encontraria o mensageiro misterioso ali, mas a essa altura, estava claro que isso não aconteceria.

Porém, pelas palavras do professor, compreendeu que *havia* um mensageiro. Não era imaginação sua.

— Quem são "eles"?

Mas o professor não respondeu. Cooper sabia o que isso queria dizer. O homem tinha jogado o anzol, e estava dando tempo para o peixe morder a isca com firmeza.

Cooper pensou naquilo, na impossibilidade (e na possibilidade) do que o professor estava dizendo.

— Quanto tempo eu ficaria fora? — perguntou finalmente.

— Difícil dizer — Brand respondeu. — Anos.

— Eu tenho filhos, professor.

O professor fez que sim, depois olhou para cima com ar solene e sério.

— Vá para lá e salve seus filhos — disse.

Anos, Cooper pensou. *Anos. Por outro lado, a chance de participar disso.* Viver em um sonho que quase desaparecera; ir para lá, ultrapassar as fronteiras do que era conhecido. Fazer alguma coisa que pudesse salvar os filhos, salvar todo o mundo...

Mas anos?

Os dois se entreolharam.

— Quem são "eles"? — repetiu.

ONZE

De volta à sala de conferência, uma imagem do sistema solar apareceu na tela, e um sujeito que lhe tinha sido apresentado como Romilly estava ao lado da tela.

Era um homem jovem, quase totalmente careca, barba aparada rente e feições incrivelmente escuras. Não teria mais que trinta e cinco anos. Parecia tímido, e falava de uma forma estranha, entrecortada, quase distraída.

— Nós começamos a detectar anomalias gravitacionais há quase cinquenta anos — disse Romilly. — A maioria são distorções na atmosfera superior; imagino que você próprio encontrou uma.

De início Cooper achou que Romilly se referia ao desenho no quarto de Murph, mas quando o ouviu dizer "atmosfera superior", seus olhos se arregalaram, com as memórias vindo à tona.

Seus instrumentos haviam enlouquecido.

E então os controles escaparam das suas mãos...

— Cruzando os Straights — ele deixou escapar — Meu acidente... Alguma coisa interferiu nos meus controles *fly-by-wire*.

— Exatamente — disse Romilly. — Mas a anomalia mais significativa foi *essa*... — Saturno de repente surgiu na frente, ao centro, com suas faixas de nuvens ocre, grandes anéis e luas misteriosas. Porém Romilly não deu um *zoom* no planeta nem em seus satélites, mas em um pequeno grupo de estrelas.

À medida que a área foi sendo ampliada, Cooper viu que elas ondulavam, como se vistas através de um reservatório com água agitada.

— Uma turbulência no espaço-tempo, perto de Saturno.

Cooper examinou as constelações desfiguradas.

— Um buraco de minhoca? — perguntou, na dúvida. Não parecia possível.

— Apareceu há quarenta e oito anos — Romilly confirmou.

Um buraco de minhoca, sua mente repetiu. *Um buraco de minhoca!*

Havia dois problemas essenciais em viagens interestelares. Primeiro, o espaço era grande; muito grande. As distâncias eram realmente enormes. A estrela mais próxima da Terra, fora o sol, era tão distante que a luz levava mais de quatro anos para fazer esse percurso.

Uma nave espacial viajando com metade da velocidade da luz levaria mais de dezesseis anos para fazer a viagem de ida e volta ao seu vizinho estelar mais próximo, a Proxima Centauri. Mas isso era discutível, pois ao que ele soubesse, nenhuma nave poderia ir até a uma mínima fração da velocidade da luz.

Assim sendo, uma viagem à Proxima levaria dezenas de milhares de anos para qualquer nave que a humanidade já havia construído. Outras estrelas, aquelas com mais possibilidade de terem planetas habitáveis, eram muito, muito mais distantes.

Mas um buraco de minhoca... Ele era a Passagem do Noroeste das viagens estelares, ou melhor, o Canal do Panamá, o atalho que significava que não era necessário dar toda a volta no Cabo Horn ou no Cabo da Boa Esperança só para ir de Hong Kong para Nova York.

Mas um buraco de minhoca era *ainda melhor* que isso. Era um túnel que tornava possível pular toda aquela distância inconveniente que separava um lugar do outro. E a viagem era feita em uma fração do tempo normal. Cooper lembrava que a relatividade previa a existência de buracos de minhoca, mas ninguém jamais vira um. Eles permaneciam no reino da teoria.

Pelo menos era o que Cooper achava. Agora ali estava ele, olhando para um desses buracos.

— Onde isso vai dar? — perguntou.

— Em outra galáxia — Romilly respondeu.

Outra galáxia? Cooper tentou imaginar isso. Aquelas estrelas distorcidas não pertenciam ao céu da Terra nem ao céu de qualquer planeta da Via Láctea. Ou, pelo menos, era isso que Romilly estava dizendo. Em certo nível, a própria ideia parecia absurda. Porém aquelas pessoas pareciam realmente estar falando sério.

E havia ainda outra coisa. Uma coisa que ele se lembrou dos tempos em que estudava.

— Um buraco de minhoca não é um fenômeno que ocorre naturalmente — ele disse.

Dessa vez foi a dra. Brand quem respondeu.

— Alguém o colocou ali — concordou, tentando esconder um sorriso, com os olhos escuros desafiando-o a acreditar nela.

— Eles — disse Cooper.

Ela fez que sim. — E quem quer que "eles" sejam, parecem estar cuidando de nós. Aquele buraco de minhoca nos permite viajar para outras estrelas. Veio a calhar para o que precisávamos...

— Eles puseram mundos potencialmente habitáveis ao nosso alcance — Doyle explicou, num tom nitidamente entusiasmado. — Doze, na verdade, a julgar pelas nossas sondagens iniciais.

— Vocês enviaram sondas? — Cooper perguntou.

— Nós mandamos *gente* para lá — o professor Brand explicou. — Há dez anos.

— As missões Lázaro — Cooper supôs.

O professor Brand levantou-se e apontou para as paredes da sala de conferências, onde havia doze retratos pendurados. Cooper já os havia notado, mas não lhes tinha dado maior atenção.

Eram todos de astronautas, vestidos com roupas espaciais brancas, sem máscaras, com a bandeira dos Estados Unidos e o logotipo da NASA nos ombros. Ele achou que as fotos deviam ter sido tiradas havia várias décadas, mas então notou que não reconhecia nenhum deles. Eram astronautas com nomes que lhe eram desconhecidos.

— Doze mundos possíveis — disse o professor. — Doze lançamentos de Rangers levando os homens mais corajosos do mundo, chefiados pelo notável dr. Mann.

Doyle assumiu o comando a partir dali. Em contraste com Romilly, ele tinha foco e intensidade.

— O módulo de pouso de cada um deles tinha o bastante para viverem dois anos — explicou — mas eles podiam usar hibernação para estender esse período e fazer observações sobre aspectos orgânicos durante uma década ou mais. A missão de cada um era avaliar o mundo para onde foi, e se sentisse que havia esperança ali, enviar um sinal, preparar-se para um longo sono e esperar para serem resgatados.

Cooper tentou imaginar isso. Sozinhos, inconcebivelmente longe de casa, arriscando tudo para descobrir um mundo habitável entre os doze pesquisados.

— E se o mundo deles não tivesse esperança alguma? — Cooper perguntou.

— Aí está a bravura deles — Doyle respondeu.

— Porque vocês não têm recursos para visitar os doze — Cooper deduziu.

— Não — Doyle confirmou. — A transmissão de dados para o buraco de minhoca é rudimentar, simples "zunidos" binários por ano, para enviar alguma informação sobre o potencial dos mundos. — Fez uma pausa, e acrescentou: — Um sistema tem potencial.

— Um? — disse Cooper. — Isso é quase um tiro no escuro.

Doyle fez sinal negativo, e os olhos azuis mostraram confiança.

— Um sistema com três mundos potenciais — disse o dr. Brand. — Não é um tiro no escuro.

Cooper fez uma pausa para absorver a informação. Três mundos; cada um, ou todos, oferecendo novos lares potenciais. Esperança para os filhos e netos. Mas se essa nave, essa *Endurance,* era a única nave espacial restante...

— E se encontrarmos um novo lar, o que faremos? — perguntou.

O professor Brand olhou-o com ar de aprovação.

— *Esse* é o tiro no escuro. Existe um plano A e um plano B. Você notou alguma coisa estranha na câmara de lançamento?

Na primeira vez em que Cooper esteve na câmara de lançamento, a única coisa que pôde ver foram os impulsionadores do foguete e os Rangers agarrados nele. É claro que tinha notado logo que a câmara era um pouco maior do que precisava ser. Mas agora, depois de examiná-la melhor, viu que era *imensa*. Uma coisa fantástica.

Tinha forma e proporção de um tradicional silo de grãos, mas se tivesse as *dimensões* de um silo de grãos, os Rangers e seus impulsionadores seriam pouco mais que modelos em miniatura. A circunferência do cilindro vertical parecia corresponder a cerca de meio quilômetro.

Talvez fosse até mais.

Embora isso fosse fora do comum, não era realmente a parte mais estranha; nem de longe. As paredes do vasto cilindro não eram lisas, como seria um silo de lançamento normal. Em geral, a principal função de um silo era servir de proteção contra o empuxo em um lançamento ou, na pior das hipóteses, segurar uma explosão. Por isso não deveria ter protuberâncias.

Bem acima de onde ele estava, várias outras estruturas estranhas tinham sido construídas sobre a superfície interna; na verdade, ainda estavam sendo construídas. Mas ele não podia imaginar que coisas eram aquelas, ou para que poderiam servir. Algumas eram meio parecidas com prédios, mas projetavam-se em ângulos estranhos que as tornariam inutilizáveis.

De repente sua perspectiva mudou. E se essas estruturas *fossem* realmente prédios? Casas, escolas, outras construções. Só de pensar nisso, seus objetivos tornaram-se claros. Ainda assim eram construídos em curva, deitados em relação ao chão, inúteis...

Na Terra, pensou. *Seriam inúteis aqui na Terra. Com a gravidade do planeta*. Mas no espaço, com o vasto cilindro girando ao longo do seu eixo, o "chão" seria relativo. Toda a superfície interna do cilindro se tornaria o chão no qual as pessoas andariam.

— Todo esse conglomerado — ele começou, ainda sem acreditar muito no que estava dizendo — é um veículo? Uma estação espacial?

— As duas coisas — respondeu o professor Brand. — Estamos trabalhando nisso, assim como em outros projetos semelhantes, há vinte e cinco anos. Plano A.

Cooper passou os olhos pelo mundo ao avesso que era ainda um trabalho em andamento. Já tinha visto projetos de coisas como essa, mas eram para ser construídas no espaço, não abaixo da superfície de um planeta.

— Como isso sai da Terra? — perguntou. Parecia impraticável. Mesmo que houvesse propulsores poderosos o suficiente para arremessar aquilo para a órbita, a estrutura inteira quebraria devido à aceleração. Nenhum objeto tão grande aguentaria a força necessária para escapar da gravidade da Terra.

— Essas primeiras anomalias gravitacionais mudaram tudo — explicou o professor Brand. — De repente constatamos que o uso da força da gravidade era viável. Então começamos a trabalhar a teoria; e começamos a construir essa estação.

Cooper percebeu alguma coisa no tom do professor.

— Mas vocês ainda não resolveram tudo — disse, e o velho concordou com ar sombrio.

— É por isso que precisamos do plano B — disse a dra. Brand, olhando-o com seus olhos escuros. Avaliando-o, quem sabe? Tentando decidir se ele valia a pena?

Saiu dali e levou Cooper para um laboratório ao lado cheio de dispositivos construído para finalidades que ele não podia imaginar. Pararam em frente a uma estrutura de vidro e aço, que abrigava uma série de plataformas móveis com lacres circulares à frente. A dra. Brand pegou na haste de um deles e a girou. O lacre abriu, e ela tirou de dentro um cilindro de aço que continha uma variedade de frascos de vidro.

A condensação escoou para fora da cavidade como uma expiração em um dia frio.

— O problema é a gravidade — ela disse. — Como retirar uma quantidade viável de vida humana deste planeta. Essa é uma forma. Plano B: uma bomba populacional. Quase cinco mil óvulos fertilizados, preservados em contêineres, com peso abaixo de novecentos quilos.

Cinco mil crianças, ele pensou. *Cinco mil, nessa pequena câmara, esperando para serem levadas para o mundo.*

— Como vocês podem criar essas crianças? — Cooper perguntou.

— Com equipamentos a bordo, nós incubamos as dez primeiras — Brand explicou, como se estivesse falando em plantar milho. — Depois disso, com barriga de aluguel, o crescimento torna-se exponencial. Dentro de trinta anos, podemos ter uma colônia de centenas. O mais difícil de fazer na colonização é garantir que haja diversidade genética. — Apontou para os frascos de vidro encerrados no dispositivo. — Isso dará conta do problema.

Cooper olhou para a coisa, e ficou se sentindo cada vez mais desconfortável com certos pensamentos. Diversidade genética, certo; cinco mil óvulos fertilizados poderiam ser selecionados para representar toda a extensão da variedade humana. Eficiente, talvez, mas era uma coisa clínica, fria. E apresentava um enorme problema.

— Então nós vamos abrir mão do nosso povo aqui? — perguntou.

— É por isso que o plano A é muito mais divertido — disse a dra. Brand.

Cooper pensou naquela imensa estação, a Earthbound. Quanto teria custado? Que aposta incrível; cada centavo gasto ali era um centavo que *não* estava sendo gasto tentando combater a praga, alimentar as pessoas do planeta. Será que o professor estava realmente certo de que podia criar essa mágica? Parecia ter convencido todas aquelas pessoas de que podia.

Talvez o professor esteja certo, pensou. *Ele sabe muitíssimo mais do que eu sobre tudo isso.* Talvez quem estivesse estudando a praga tivesse constatado que ela não podia ser combatida; que, como dizia o professor Brand, era só uma questão de tempo. Talvez estivessem gastando recursos nesse projeto porque, por mais louco que tudo isso parecesse, era a única esperança da humanidade.

Muitas pessoas bem inteligentes deviam ter fé naquela ideia.

Mas é claro que mesmo pessoas inteligentes podem estar erradas.

Ainda assim, era melhor do que aquilo que ele havia temido de início. Eles não desenvolveram mais armas, graças a Deus, nem guerra. Ele não tinha dado de cara com um plano para pegar o pouco que sobrava e guardar. Estavam tentando espremer as últimas gotas de vida restantes da terra.

Não, em vez de olharem para baixo estavam olhando para cima.

Tinham se virado para as estrelas.

Mais tarde o professor Brand lhe mostrou as equações. Cooper tinha estudado muita matemática naquela época, mas tendia mais para matemática aplicada do que para a teórica, então isso era demais para ele. As equações cobriam mais de uma dúzia de quadros-negros no escritório do professor, repletos de diagramas, e embora entendesse parte daquilo, o resto poderia estar em escrita cuneiforme que não faria diferença alguma.

— Até onde o senhor chegou? — Cooper perguntou.

— Quase lá — o professor lhe assegurou.

— Quase? Está me pedindo para largar tudo por um "quase"?

O professor deu um passo à frente.

— Estou pedindo para você confiar em mim. — Seus olhos queimavam com o que parecia ser uma paixão ilimitada, e Cooper viu que o velho tinha se entregado por completo àquilo. Ele acreditava, *realmente* acreditava que aquilo poderia ser feito. Cooper tinha visto vestígios desse fervor antes, em outros tempos, mas nunca compreendera o que estava por trás daquilo.

Agora compreendia. Era a sobrevivência da raça humana.

— Todos aqueles anos de treinamento — disse. — O senhor nunca me contou.

— Nem sempre podemos falar sobre *tudo*, Coop, mesmo que quisermos. — Fez uma pausa, depois continuou: — O que você pode dizer aos seus filhos sobre essa missão?

Aquele era um ponto delicado, no qual já estava pensando. O que *diria* a Tom e Murph? Que o mundo estava acabando? Que ele estava indo para o espaço a fim de tentar salvar a Terra? E se tivesse sabido há muitos anos que estava sendo treinado para essa missão, como teria reagido?

Não havia como saber. Muito tempo tinha passado, muita coisa tinha ocorrido, ele mal reconhecia o jovem que tinha sido um dia.

— Encontre um novo lar para nós — disse o professor. - Quando você voltar, eu terei solucionado o problema da gravidade. Dou minha palavra de honra.

DOZE

Assim que a caminhonete parou, Murph abriu a porta e correu para a casa. Na varanda, Donald a viu passar zunindo e olhou para o genro com ar questionador.

Cooper simplesmente sacudiu a cabeça e entrou, subindo a escada atrás de Murph. Ouviu um barulho vindo do quarto dela, parecia algo sendo arrastado.

Ao tentar abrir a porta, não conseguiu; ao que parecia, ela tinha colocado uma mesa e uma cadeira por trás para que ele não pudesse entrar.

— Murph? — o pai chamou.

— Vá embora! Se quer mesmo nos deixar, vá embora logo!

Donald ouviu com seu jeito de sempre, sem muitas interrupções nem muita expressão, deixando as coisas acontecerem. Estava um pouco frio na varanda, mas Cooper preferiu ficar lá fora vendo o céu à noite do que se enfurnar dentro de casa.

Depois de certo tempo, contou a Donald tudo que acontecera com ele e Murph. Recostou-se para ver como o velho iria reagir.

— Esse mundo nunca bastou para você, não é, Cooper? — ele perguntou.

Cooper não respondeu logo. Sabia que ele falava num tom de acusação. Donald aceitava as coisas como eram. Podia reclamar um pouco aqui e ali, mas acabava se adaptando. E sabia ver a virtude em qualquer situação que se lhe apresentasse. Apegava-se às suas bênçãos e conformava-se com as possíveis injustiças que sofresse.

Nada de errado com isso, Cooper pensou. O mundo precisava de gente como Donald, e sempre houve pessoas assim. Mas precisava também de outro tipo de gente. Precisava de homens que navegassem mares perigosos para descobrir terras desconhecidas. Esses homens, em sua maioria, não se contentavam com suas bênçãos.

— Eu não vou mentir para você, Donald. Acho que nasci para ir para um outro mundo, é uma coisa que me entusiasma muito. Não vejo mal nisso.

Donald pensou um pouco antes falar de novo.

— Pode ser. Não confie na coisa certa feita pela razão errada. O "porquê" de uma coisa é seu fundamento.

— Bem, essa coisa tem um bom fundamento — disse Cooper, com certa tristeza. Apontou para os campos e as montanhas distantes; o mundo. — Nós fazendeiros simplesmente ficamos aqui todo ano quando não chove e dizemos "no próximo ano". — Fez uma pausa e olhou para o sogro. — O próximo ano não vai nos salvar. Nem o ano seguinte. O mundo é um tesouro, Donald. Mas ele já está há um tempo dizendo para nós sairmos dele. A humanidade nasceu na Terra. Não quer dizer que tenha de morrer aqui.

Parou, sentindo-se meio vazio, mesmo acreditando em tudo que disse. Ele tinha razão, e Donald compreenderia isso.

E os filhos também.

Donald tirou um pouco de pó do corrimão da varanda. Apertou os lábios com ar meio emotivo, o que não era do seu feitio.

— Tom vai ficar bem — falou, como se lesse os pensamentos de Cooper. — Mas você vai ter de se explicar com Murph...

— Eu vou me explicar — disse Cooper, mas sabia que era mais fácil falar que fazer.

— *Sem* fazer promessas que não sabe se vai poder cumprir — Donald acrescentou, olhando-o dentro dos olhos.

Cooper desviou o olhar e fez que sim.

E sentiu o fardo de tudo aquilo.

Ele achou que devia deixar Murph se acalmar, que seria mais fácil falar depois que ela tivesse uma boa noite de sono. Mas na manhã seguinte a porta continuava barricada. Ele abriu-a com cuidado até chegar à cadeira e tirá-la de cima da mesa. Depois entrou no quarto.

Murph estava na cama, de costas para ele.

— Você vai ter de falar comigo - disse Cooper.

Ela não respondeu, e ele achou que talvez ainda estivesse dormindo.

— Eu tenho de consertar isso antes de ir — continuou.

Abaixou-se para ver o rosto da filha, e ficou um tanto chocado. Suas bochechas continuavam quentes e molhadas de lágrimas, e o pai se perguntou se ela sequer havia dormido.

— Então vou deixar quebrado para você ter de ficar — ela falou, com teimosia.

Então é assim que vai ser.

Sentou-se na cama da filha. Seguindo o conselho de Donald, tinha passado metade da noite acordado, praticando o que iria dizer. Mas não esperava que Murph ainda fosse estar tão chateada assim. Na sua cabeça, achava que a filha estaria mais calma e quieta na hora da conversa.

Mas tinha de tentar, e achou que sabia como devia proceder.

— Depois que vocês nasceram, sua mãe disse uma coisa que eu não entendi muito bem. "Quando olho para os bebês, me vejo da forma que eles vão se lembrar de mim."

Olhou para Murph para ver se ela entendia.

Pelo menos parecia estar ouvindo. Então ele continuou.

— Ela disse também: "É como se não existíssemos mais, como se fôssemos fantasmas, como se só servíssemos de memórias para nossos filhos."

Fez uma pausa e continuou. Murph olhava-o com ar intrigado, e tinha mais que razão para isso. Ele próprio tinha levado um tempo para compreender isso.

— Agora eu percebo que depois que nos tornamos pais, passamos a ser apenas fantasmas do futuro de nossos filhos.

— Você disse que fantasmas não existem — Murph replicou em tom desafiador.

— Isso mesmo. Eu não posso ser seu fantasma agora, preciso existir. Porque eles me escolheram. Eles me escolheram, Murph. Você mesma viu.

Murph sentou-se na cama e apontou para as prateleiras, para as brechas entre os livros.

— Eu compreendi a mensagem — falou. Abriu seu caderno e disse: — Era mesmo código Morse.

— Murph... — Cooper falou com carinho.

A filha ignorou-o.

— Uma palavra. Você sabe o que é?

Ele sacudiu a cabeça. Ela mostrou-lhe o caderno.

FICA

— A mensagem é "fica", papai. — Olhou para ele, esperando uma resposta.

— Oh, Murph — ele falou com voz triste.

— Você não acredita em mim? — disse, com um olhar desafiador. — Olhe para os livros. Olhe...

Ele pegou-a nos braços, sem deixá-la falar mais. Murph sentiu-se muito pequena, e começou a tremer.

— Tudo bem — ele disse. — Tudo bem.

Ela apertou o rosto no ombro dele e começou a soluçar.

— Murph, quando um pai olha nos olhos do filho, ele pensa: "Talvez seja ele. Talvez meu filho vá salvar o mundo". E todo filho, quando é criança, quer olhar nos olhos do próprio pai e saber que ele viu que eles salvaram um cantinho do mundo. Mas em geral, a essa altura, o pai não está mais ali.

— Como você não estará — ela disse, fungando. Cooper olhou para a filha, para aquele rosto que havia sido tomado pelo medo e sofrimento.

— Não — ele disse. — Eu vou voltar. — Assim que disse isso, percebeu que tinha dito exatamente o que Donald o aconselhara a não dizer. Mas tinha de falar alguma coisa. Para ela superar aquilo. Para ambos superarem aquilo.

Para lhe dar esperança.

Porém teve medo da pergunta seguinte.

— Quando? — Murph perguntou.

Ela não dava muita coisa por garantido. Ele sabia disso, então estava preparado. Enfiou a mão no bolso e tirou dois relógios.

— Um pra você e um pra mim — disse, mostrando o relógio no pulso.

Ela pegou o relógio e examinou-o com curiosidade.

— Quando eu estiver em hipersono, ou viajando próximo à velocidade da luz ou perto de um buraco negro, o tempo vai mudar para mim. Vai andar mais lentamente.

Murph franziu um pouco a sobrancelha.

— Quando eu voltar, poderemos comparar os relógios — ele disse, e esperou.

Quase dava para ver as ideias dela fervilhando...

— O tempo vai correr de forma diferente para nós? — Seu tom era um tanto fascinado, e ele sentiu um certo alívio. Se ela conseguisse ver isso como uma aventura, uma aventura *dela* junto com ele, e compreender a promessa que ele fizera...

— Vai — ele respondeu. — Quando eu voltar, talvez a gente tenha a mesma idade. Você e eu. Imagine isso.

Viu que o rosto dela mudou, e soube que tinha cometido um erro, dito *exatamente* o que não devia dizer.

— Espere aí, Murph...

— Você não tem ideia de quando vai voltar — ela falou com raiva.

Ele olhou-a meio desesperado. Precisava dizer alguma coisa, mas não lhe ocorria nada.

— Não tem ideia *nenhuma* — ela gritou, jogando o relógio no chão e dando-lhe as costas de novo.

Então, rapidamente, o que tinha conseguido com ela, ou achara que tinha conseguido, foi por água abaixo. Seu plano de repente deu em nada, e não havia tempo para fazer outro, mesmo que soubesse o que fazer.

— Não me faça deixar você assim — pediu.

Mas ela continuou de costas para o pai.

— Por favor. Eu preciso ir agora. — Tentou pôr a mão no ombro da filha, mas ela não deixou. — Eu te amo, Murph — falou finalmente. — Vou te amar para sempre. E vou voltar.

Levantou-se aos poucos. Sentia-se pesado. Sabia que se ficasse ali mais um minuto, mais uma hora, mais um dia, daria no mesmo. As únicas opções eram ir ou ficar. Murph ficaria bem, e com o tempo, compreenderia.

Ao chegar na porta, ouviu um barulho surdo por trás. Virou-se, mas Murph ainda permanecia de costas. Mais um livro tinha caído no chão. Olhou para o livro um instante, com pensamentos girando pela cabeça.

Hesitante, saiu do quarto de Murph.

Donald e Tom encontraram com ele no carro.

— Como foi? — Donald perguntou.

— Bem — Cooper mentiu. — Foi tudo bem.

Virou-se para Tom e o abraçou com força.

— Eu te amo, Tom.

— Faça boa viagem, papai — disse o filho.

— Cuide bem daqui, ouviu? — falou, sentindo a voz falhar um pouco.

— Posso usar sua caminhonete enquanto você estiver fora? — Tom perguntou.

Cooper conseguiu dar um sorriso. Aquele era o seu Tom. Prático. Pragmático. E louco para pôr as mãos no volante.

— Vou pedir para eles trazerem o carro de volta para você — prometeu. Depois, sem querer demorar mais, entrou na caminhonete e ligou o motor.

— Cuide dos meus filhos por mim, Donald — falou.

O velho fez que sim quando Cooper ia saindo.

Dentro de casa, Murph ouviu o carro dar partida. Sua raiva passou para angústia em um instante.

Ela pensou que ele fosse voltar, que estava blefando. Pulou da cama, pegou o relógio do chão e desceu as escadas correndo. Tinha de falar com ele, tinha de se despedir, de lhe dar um abraço pela última vez.

***

Cooper viu a casa ir sumindo pelo espelho retrovisor. Mesmo agora, uma parte sua queria voltar, queria ficar com os filhos. Se ao menos Murph...

Algo lhe veio à mente. Estendeu a mão e levantou o cobertor onde ela tinha se escondido da última vez, mas não encontrou nada. Sabia que não encontraria, mas uma parte dele precisava *saber.*

Então concentrou-se nos Rangers, presos em cima dos seus propulsores, esperando por ele.

E pensou na contagem regressiva.

Dez, nove...

Murph quase tropeçou nas escadas, mas atravessou a cozinha e abriu a porta para sair na varanda.

— Papai? *Papai!* — gritou desesperadamente.

Oito, sete...

Só dava para ver a trilha de poeira na direção das montanhas, como antes. *Mas dessa vez ela não estava escondida debaixo do cobertor. Não estava na caminhonete.*

Seis, cinco...

Grandes soluços sacudiram-lhe o peito. O avô pegou-a nos braços, e a trilha de poeira tornou-se mais distante. Ela pegou o relógio, chorando, esperando que ele cumprisse sua promessa de voltar.

Cooper olhou mais uma vez pelo espelho retrovisor, mas só via poeira. Sentiu lágrimas escorrendo pelo rosto.

Quatro, três, dois...

Um.

SEGUNDA PARTE

TREZE

— *Ignição!* — disse o controlador de voo.

Por um instante, Cooper pensou que não aconteceria nada, que desde o início, era tudo um tipo de ilusão ou uma farsa estranha. Mas então sentiu a vibração, o tremor que percorria toda a pele metálica da nave, terrível e lento no começo, como um gigante se mexendo, mas que começou a ganhar velocidade numa proporção assustadora.

A luz começou a mudar, tornando-se brilhante, e o céu ficou mais próximo, enquanto uma imensa mão invisível o apertava cada vez mais.

Gagarin, Shepard, Grissom, Titov, Glenn, Carpenter, Nikolayev... — pensou.

A luz do dia começava a perder o brilho à medida que o horizonte vinha aparecendo. A nave deu uma guinada súbita e desesperadora quando a mão parou de apertá-lo por um instante, e seu corpo foi jogado para a frente.

Então a força gravitacional jogou-o de volta no seu assento.

— *Estágio um, desacoplar* — ouviu o controle dizer. Tentou imaginar o imenso propulsor desacoplando, mas era difícil pensar em qualquer outra coisa que não a força que o prendia ali, a bomba que havia atrás dele, lançando-o na direção das estrelas.

White, Chaffee, Komarov...

O horizonte começou a curvar-se drasticamente. A nave parou de estremecer, mas ainda zumbia com a aceleração. Ele não conseguia se mexer. Sentia como se pesasse quinhentos quilos, como se na próxima vez que expirasse, não fosse conseguir inspirar de novo e sufocaria no assento.

De repente sentiu como se estivesse caindo, quase como se tivesse sido ejetado de um avião, e passou a não ter peso.

— *Estágio dois, desacoplar* — disse o controle.

Armstrong, Collins, Aldrin...

Mais adiante, pensou.

Cooper.

Porque finalmente, incrivelmente... estava no espaço.

Assim que conseguiu se mexer de novo, olhou para os companheiros na cabine apertada para ver como estavam se saindo. A dra. Brand, Doyle e Romilly estavam tão atordoados quanto ele.

— Todos estão aqui, sr. Cooper — assegurou-lhe o quinto membro da tripulação. Tars, o robô que o tinha interceptado na cerca. — Muitos escravos para a minha colônia de robôs.

Cooper achou que os ouvidos, ou pior, seu cérebro, tivessem sido afetados pela decolagem. Sua confusão deve ter transparecido no seu rosto, pois Doyle se manifestou.

— Eles deram senso de humor ao robô — explicou. — Para que Tars se encaixasse melhor na tripulação. Ele acha que isso nos deixa relaxados.

— Um robô fortão sarcástico — Cooper disse. — Que boa ideia.

— Eu tenho uma luz de sinalização que posso ligar quando estou brincando, se vocês preferirem — disse Tars.

— Talvez isso ajude — Cooper falou.

— Você pode aproveitar a luz para voltar para seu lugar na nave depois que eu te ejetar pela eclusa de ar — Tars disse.

Tars "olhou" para ele, e Cooper o olhou também. Não viu nada que parecesse ser uma luz de sinalização.

Os cabelos da sua nuca começaram a arrepiar-se, e uma luz LED acendeu de repente.

Cooper franziu a sobrancelha e sacudiu a cabeça.

— Como está o nível do seu humor, Tars? — perguntou.

— Cem por cento — a máquina respondeu.

Maravilha. Quantos meses eles levariam nessa?

— Melhor passar para setenta e cinco por cento — falou, e afastando-se, olhou em volta para saber ao certo se todos ainda estavam com os cintos, e começou a checar os instrumentos.

Os Rangers acoplados entraram em uma órbita baixa, e durante algum tempo, não havia mais nada a fazer além de esperar.

Nenhum problema com isso, Cooper pensou. O Ranger tinha um vasto campo de visão, o que lhes dava uma vista panorâmica da Terra girando abaixo deles. Embora Cooper ainda estivesse preso no assento, ficou olhando para todos os lados como se fosse um turista, observando os continentes, os mares e as nuvens; achando tudo aquilo um tanto irreal. A decolagem e a terrível aceleração pareciam ter acontecido muito tempo atrás, e agora, enquanto passavam o tempo em queda livre, tudo parecia um sonho.

O planeta, *seu* planeta, era tão lindo quanto frágil, e o único lar que a humanidade já havia conhecido. Vendo-o dali, era difícil acreditar que aquele planeta não os queria mais.

Notou que a dra. Brand também olhava a Terra girando abaixo deles, com expressão distante.

— Nós voltaremos — Cooper lhe disse.

Ela não mostrou sinal de ter ouvido, com os olhos grudados naquela paisagem.

— Isso é difícil — ele continuou. — Deixar tudo para trás. Meus filhos, seu pai...

— Nós vamos passar muito tempo juntos — disse Brand, virando os olhos para ele.

Cooper concordou. — Devemos aprender a conversar.

— E aprender quando não conversar — ela protestou, olhando para o lado. — Estou tentando ser sincera.

— Talvez você não precise ser *tão* sincera — ele falou, um pouco abalado. Dirigiu-se ao robô. — Tars, qual é o seu parâmetro de sinceridade?

Tars não precisava de um assento. Encaixava-se em um nicho no meio do painel de controle, entre as unidades manuais.

Enquanto Cooper falava ele se desprendeu e foi até a entrada da eclusa de ar lá atrás.

— Noventa por cento — respondeu.

— Noventa? Que tipo de robô você é?

— Sinceridade absoluta nem sempre é a forma mais diplomática, ou segura, de comunicação com seres emotivos — informou-lhe.

Isso é verdade, Cooper pensou. Virou-se para Brand e deu de ombros.

— Então vou querer noventa por cento de sinceridade — falou.

De início achou que tinha feito algo errado de novo, mas ela mostrou um sorriso nos lábios. Quase imperceptível, mas deu para notar.

Progresso.

— *Estamos a sessenta segundos da* Endurance... — avisou o rádio.

Cooper achou melhor parar por ali enquanto estava na dianteira. Além do mais, já estava para receber o pagamento. Pelo menos, a primeira parcela.

Desviou os olhos da Terra e de Brand e focou sua atenção na *Endurance* enquanto se aproximavam dela. Sua primeira impressão foi de que parecia uma aliança de casamento brilhando nas luzes gêmeas da Terra e do sol.

Os Rangers eram lustrosos, munidos de asas, naves aerodinâmicas construídas para aterrissar e decolar de planetas que tivessem atmosfera. Mas não a Endurance; ela não era nada aerodinâmica, e qualquer aterrissagem que fizesse em um planeta com atmosfera seria igual à aterrissagem de um meteoro: rápida, ardente e catastrófica.

Mas flutuando no espaço, onde tinha sido construída, essa nave era maravilhosa.

Era, de fato, um anel; mas só no sentido mais básico, e à medida que se aproximavam, a impressão original de Cooper se dissipou. Percebeu que a nave era formada por inúmeros módulos, com formatos que pareciam cuboides, trapézios e prismas, ligados por conectores curvos. E o "anel" não era vazio. Tubos de acesso levavam da superfície interna do corpo circular até um eixo central onde ficavam as docas de acoplamento. Duas naves, os módulos de pouso, já se encontravam lá. Ela só precisava dos dois Rangers. Sentindo-se estranhamente calmo, Cooper manobrou seu Ranger para dentro, com a mesma velocidade da espaçonave.

Ele tinha passado por várias simulações com sequências de acoplamento, mas no fundo tinha medo de que na situação real houvesse algum problema. Porém, alinhou o Ranger com facilidade, o que lhe deu alívio.

— Agora é você, Doyle — disse.

Doyle foi flutuando até a escotilha e começou a sequência final, que era a parte meio complicada. Se ele errasse, na melhor hipótese, perderiam o precioso oxigênio, e na pior... não tinha certeza, mas podia ser ruim. Observou quando Doyle alinhou-se com uma série de pequenas garras dispostas em um círculo e fez com que elas juntassem as duas naves com absoluta vedação de ar. Cada garra mecânica prendia perfeitamente, como se Doyle tivesse feito isso a vida inteira.

Depois disso, a *Endurance* estava completa.

***

Depois que a parte primata do cérebro de Amelia Brand parou de dizer aos gritos que estava caindo e precisava agarrar-se a alguma coisa, a gravidade zero passou a ser divertida. Ao mínimo impulso, ela voava com a maior facilidade, como nunca teria imaginado; nem mesmo em seus sonhos.

Era uma pena que aquilo tivesse de acabar.

Quando entraram a bordo da *Endurance,* ficou claro que não era um lugar tão espaçoso quanto parecia do lado de fora. Em parte porque dois terços de cada um dos módulos eram destinados a armazenamento. O chão, as paredes; quase todas as superfícies eram compostas de escotilhas de vários tamanhos. Em uma nave no espaço sideral não podia haver desperdício; nem do tamanho de uma caixa de fósforo.

Apertando os interruptores e ajustando as configurações, Amelia, Doyle e Romilly começaram a organizar o que seria sua casa durante... quem sabia quanto tempo? Ela observou Tars ativar Case, uma máquina articulada como ele mesmo, que era o último elemento da tripulação.

Doyle "subiu" até a cabine e ligou o painel de comando. Tecnicamente, não havia "em cima" nem "em baixo" naquele momento, mas em breve isso não seria mais uma tecnicidade, como comprovado pela escada que levava da cabine inferior à cabine de comando.

Amelia ficou vendo Doyle terminar de estabelecer uma conexão dos sistemas de bordo com os do Ranger.

— Cooper, você devia assumir o controle — disse ele.

— Tudo bem — disse Cooper. — Prontos para a rotação?

Doyle e Romilly afivelaram os cintos. Amelia sentou-se e fez o mesmo.

— Pode começar — ela falou.

Amelia não sentiu nada de início, mas a nave começou a sacudir quando Cooper iniciou os propulsores do Ranger, em ângulo perfeito, para fazer a grande roda girar. Conforme a rotação ficava mais rápida, o peso começava a voltar ao corpo de Amelia, puxando seus pés na direção da borda externa da nave espacial. Não era exatamente gravidade, mas a manifestação da inércia, em geral chamada de força centrífuga. Sem ela, sem algo semelhante a peso, coisas ruins ocorriam no corpo humano ao longo do tempo, como perda óssea e doenças cardíacas.

Nós vamos precisar dos nossos ossos e corações quando chegarmos ao nosso destino, ela pensou.

Infelizmente, a rotação não era um substituto perfeito da gravidade, pois o ouvido interno não era completamente tapeado por ela. O ouvido sabia que estavam girando, devido a uma pequena coisa chamada força de Coriolis.

Na Terra, a força de Coriolis era muito importante. Comandava o clima, criando imensas células de ar que se moviam em círculos; no sentido horário no hemisfério norte e no sentido inverso no hemisfério sul. Mas a Terra era tão imensa que o corpo humano não notava a rotação. Porém, em um rodopio desenfreado, era fácil sentir, e em geral os resultados eram desagradáveis.

A *Endurance* ficava entre esses extremos, mas tendia ao rodopio desenfreado. Amelia sentia o efeito, especialmente quando se mexia na direção do eixo, mas isso não chegava a incomodá-la.

Romilly, por outro lado, já estava ficando esverdeado.

— Você está bem? — ela perguntou.

— Estou — balbuciou. — Só preciso de um tempinho...

— Devemos ter Dramamina ali no módulo de habitação — ela disse. Romilly agradeceu com um gesto e seguiu com cuidado naquela direção.

CATORZE

— *Já estou sentindo sua falta, Amelia* — disse o professor Brand para a filha pelo vídeo. — *Tenha cuidado. Dê lembranças ao* dr. *Mann.*

— Ok, papai — disse Amelia.

— *As condições parecem boas para sua trajetória* — o professor continuou. — *Estamos calculando dois anos para Saturno.*

— Vamos usar muita Dramamina... — Romilly falou. Não parecia estar se dando bem com a gravidade artificial, mas Cooper não tinha sentido nem um pingo de incômodo.

Porém, dois anos, pensou. Murph teria doze anos, e Tom, dezessete. Depois levariam mais dois anos para voltar à Terra, e eles estariam com catorze e dezenove. No mínimo. Era isso que ele iria perder, *se* sua missão no buraco de minhoca fosse a mais rápida possível.

Mas não seria.

Ainda assim, talvez não demorasse *tanto.* Em teoria, a viagem pelo buraco de minhoca levaria uma fração de tempo, em termos relativos. Talvez dessem sorte logo com o planeta mais próximo. Talvez, então, quando chegasse em casa, Murph ainda seria adolescente.

— Cuide da minha família, senhor — Cooper pediu ao professor. — Principalmente a Murph. Ela é muito inteligente.

— *Nós estaremos te esperando quando você voltar* — o cientista prometeu. — Um pouco mais velhos, um pouco mais experientes, mas felizes de ver você.

Cooper ligou os motores enquanto Doyle checava uma última série de diagnósticos da cabine de pilotagem. Essa cabine era um pouco mais espaçosa que a do Ranger, localizada acima da cabine central e acessível por uma escadinha.

Brand e Romilly afivelaram os cintos, e Tars e Case se garantiram com travas metálicas.

Cooper deu mais uma olhada na Terra, com as últimas palavras do professor Brand ainda na cabeça.

— *Não vás tão docilmente nesta noite linda...*

Olhou para Doyle, que fez um sinal de que estava tudo ok. Então, com a maior naturalidade, ligou os propulsores, e a *Endurance* começou sua viagem para fora da órbita da Terra, em direção às estrelas.

— *Clama, clama contra o apagar da luz que finda. Vá com Deus,* Endurance.

— Que solidão — disse Cooper, vendo diminuir aquela esfera que era a Terra. Eles todos tinham vestido as roupas azuis para o hipersono, e começaram a armar as camas criogênicas; parecidas demais com caixões extravagantes para o gosto de Cooper. Brand foi para junto dele.

— Nós temos um ao outro — ela disse. — Para o dr. Mann foi pior.

— Eu estava falando deles — ele disse, apontando para a Terra. — Veja que planeta perfeito. Nós não vamos encontrar outro como esse.

— Não — Brand concordou. — Nós não estamos procurando um novo condomínio; a raça humana ficará à deriva, desesperada para encontrar uma pedra para se apoiar enquanto recuperam o fôlego. Nós temos de encontrar essa pedra. Nossas três opções são os planetas com a maior chance de conseguirem sustentar vida humana.

Pegou seu tablet e tocou em uma imagem borrada de um planeta azul escuro. A cor lhe dava um ar promissor quase que de imediato. Azul era a cor da Terra à distância. Azul podia significar água. É claro, Netuno também era azul, e tinha uma atmosfera com hidrogênio, hélio e traços de metano; completamente desfavorável à vida como era conhecida.

— Laura Miller foi para esse planeta — Brand disse. — Ela começou nosso programa de biologia.

Essa imagem passou para uma outra ainda menor, ligeiramente vermelha, que lembrou Cooper das primeiras fotografias de Marte.

— E Wolf Edmunds está aqui — ela disse. E o jeito que ela disse isso, a forma que pronunciou o nome dele... Cooper nunca tinha ouvido a voz dela assim. Como se aquele ponto vermelho fosse o centro do universo. De repente ficou curioso.

— Quem é Edmunds? — perguntou.

— Wolf é um físico de partículas — ela respondeu, e dessa vez ele percebeu que o tom diferente de voz não tinha sido só impressão sua. E da forma como ela sorriu...

Interessante...

— Nenhum deles tinha família? — ele perguntou, com todo o jeito. Não sacava Brand muito bem, mas era experiente o bastante para saber que não dava para bater de frente com ela.

— Não tinham vínculos — ela respondeu. — Meu pai insistiu nisso. Eles sabiam que era improvável que voltassem a ver outro ser humano. Espero surpreender pelo menos três deles.

— Fale sobre o dr. Mann.

Um novo mundo apareceu na tela, branco e granuloso.

— Notável — ela disse. — O melhor de nós. Protegido do meu pai. Ele convenceu onze pessoas a segui-lo na viagem mais solitária da história humana. — Um tipo diferente de paixão brilhou nos olhos de Brand, e ele notou certa semelhança com o pai dela. — Cientistas, exploradores — disse. — É disso que eu gosto. Lá fora estamos sujeitos a grandes perigos. À morte. Mas não ao mal.

— A natureza não pode ser má? — Cooper perguntou.

— É formidável. Assustadora, mas não má. O tigre é mau porque retalha uma gazela?

Cooper refletiu sobre isso. Se você fosse a gazela, se perguntaria o que se passava pelo coração e pela alma do tigre; era mau ou apenas queria sobreviver? Muitos seres humanos tinham justificado atrocidades em nome da sobrevivência e da "ordem natural das coisas".

— Então é só o que trazemos dentro de nós — ele disse. Não queria começar uma discussão de verdade, mas foi teimoso e não quis tampouco deixar o assunto passar por completo.

Aparentemente ela notou isso.

— Essa tripulação representa os melhores aspectos da humanidade — disse Brand, um tanto incomodada, mas ele deixou o assunto para lá. Por que começar a viagem com uma discussão filosófica sem sentido? Eles teriam de conviver por muito tempo.

Na verdade, percebeu que o que viveriam ali, juntamente com Romilly e Doyle, era uma espécie de casamento. Aquela relação tinha que dar certo, pois não teriam o recurso de separação nem divórcio se as coisas começassem a azedar. O atrito tinha que ser o mínimo possível.

— Até eu? — Cooper perguntou, tentando tornar as coisas mais leves.

Brand sorriu.

— Ei, nós concordamos — ela disse. — Noventa por cento. — Com isso, ela foi se deitar na cama criogênica. Cooper voltou a olhar para o espaço infinito fora da nave.

— Não vá dormir muito tarde — Brand avisou. — Não podemos desperdiçar nossas reservas.

— Ei — Cooper protestou em tom de brincadeira. — Eu esperei muito tempo para vir aqui para cima.

— Você está *literalmente* desperdiçando o fôlego — Amelia disse. Ela foi para a cama, se deitou. A tampa fechou por cima dela, deixando--a dentro de um envoltório plástico. Em volta do plástico começou a entrar um líquido que iria congelar para protegê-la da radiação que a bombardearia por dois anos através das paredes da nave.

Bons sonhos para você, ele lhe desejou, perguntando-se se alguém poderia sonhar durante um sono criogênico.

Virou-se e foi para junto de Tars.

— Me mostre a trajetória de novo — falou para a máquina. Um diagrama apareceu na tela.

— Oito meses até Marte — disse Tars — como na última vez que conversamos sobre isso. Então usaremos o efeito estilingue...

Cooper viu a cama de Brand escurecer, depois começar a se recolher para baixo da cabine.

— Tars — interrompeu, falando bem baixinho. Afinal de contas, tinha visto a trajetória tantas vezes que podia desenhá-la com olhos vendados. Não precisava de uma aula antes de dormir. Mas queria saber uma coisa sobre a... situação *social* a bordo, e precisava de uma informação pertinente.

Puramente por razões sociológicas.

— Tars — começou — a dra. Brand era...

— Por que está sussurrando? — Tars perguntou. — Eles não podem ser acordados.

Ele estava sussurrando, não é? Por quê? Sabia que Tars tinha razão.

Estava sem jeito?

Não. Só estou sendo respeitoso. E isso pode ser importante.

Mais tarde.

— A dra. Brand e Edmunds eram... íntimos? — perguntou com cuidado.

— Não sei — Tars respondeu.

— Esse "não sei" é noventa por cento ou dez por cento? — Cooper insistiu.

— Eu também fui programado para ser discreto — o robô lhe informou.

— Eu imagino — disse, levantando-se. — Mas não sabe disfarçar.

Com isso, arrastou-se com relutância para a estação de comunicações. Todos os outros tinham registrado suas despedidas, mas ele ainda não sabia o que ia dizer, como ia dizer. E tinha de admitir que provavelmente era porque não havia uma coisa certa para dizer.

Mas precisava dizer *alguma coisa*. Então, depois de muita hesitação, começou a gravar.

— Ei, minha gente — começou finalmente. — Daqui a pouco vou tirar um longo cochilo, então achei por bem mandar para vocês uma mensagem. — Olhou de novo para a Terra, aquela joia que ia diminuindo aos poucos e que aparentava girar devido à rotação da *Endurance*. — A Terra é fantástica vista daqui. Não se vê nenhuma poeira. Espero que estejam todos bem. Essa mensagem deve chegar até vocês. O professor Brand disse que garantiria isso. — Fez uma pausa, querendo falar mais, alguma coisa que pudesse apagar sua despedida de Murph, e melhorar as coisas. Mas não lhe veio nada à cabeça.

— Agora vou dar boa-noite — terminou.

QUINZE

Donald estava sentado na varanda, olhando os campos de milho. A poeira e o calor deixavam o horizonte tremulante, o que não era raro, mas havia algo vindo na sua direção lá de longe. Logo percebeu que eram dois veículos.

Um deles era a caminhonete de Cooper. Ele esperava que...

Suspirou quando Murph abriu a porta de casa e saiu correndo para fora. É claro que ela tinha visto os carros, pois ficava sempre na janela...

— Será que é ele? — perguntou em voz baixa.

— Creio que não, Murph — ele respondeu. Poderia ter dito "quem sabe?", mas preferiu não. Coop deixara-a em lágrimas. Foi a coisa mais difícil para ele, deixar a filha ainda chateada. Mas Donald entendeu, quando o genro saiu sem olhar para trás nos primeiros cinco minutos, que ele não voltaria *nunca mais*. Ele não havia voltado até aquele momento, e não voltaria mesmo. Murph, ao mostrar que ainda tinha esperança, deixava evidente que não compreendia o pai tão bem quanto Donald.

Ele levantou-se quando a caminhonete parou na frente da casa. Um homem pelo menos dez anos mais velho que Donald desceu. Tinha um ar importante, e Donald achou que devia ser o professor Brand, o sujeito que Cooper mencionara.

— Você deve ser Donald — falou. Depois olhou para a menina. — Olá, Murph.

— Por que você está no carro do meu pai? — ela perguntou.

— Ele me pediu para entregar o carro para seu irmão — o homem explicou.

Murph não respondeu, e depois de um silêncio constrangedor, o homem pegou sua pasta.

— Ele te mandou uma mensagem...

Mas Murph não queria ouvir nada, Donald sabia disso. Ela deu meia-volta e correu para dentro de casa.

O homem hesitou, depois tirou um CD da pasta e o entregou para Donald.

— Ela está muito chateada porque o pai foi embora — Donald explicou. Foi um eufemismo, mas não adiantava explicar muito, não para aquele sujeito.

— Se vocês gravarem mensagens, eu posso transmitir para Cooper.

Donald fez que sim e olhou para a casa, achando que Murph nunca faria aquilo. Podia apostar a fazenda nisso.

— Murph é uma menina inteligente — disse o homem, seguindo o olhar de Donald. — Talvez eu possa avivar essa inteligência.

Donald olhou-o, observou sua expressão, e viu que ele falava sério. Tinha alguma coisa em mente. Pensou em Murph, ainda na escola, cada vez mais zangada e beligerante; até um dia ser expulsa.

E então como fariam?

— A Murph já está fazendo os professores de bobos. Ela deveria fazer você de bobo também.

O homem deu um sorrisinho. Donald gostou disso.

Olhou para o céu e perguntou:

— Onde eles estão?

— Estão indo para Marte. Na próxima vez que eu falar com Cooper, estarão chegando em Saturno.

Donald fez que sim.

Vá com Deus, Coop, pensou. *Espero que você encontre o* que *está procurando. Espero que valha a pena. Que valha a pena ter deixado tudo para trás.*

Murph talvez visse Cooper de novo. Donald tinha certeza que ele nunca mais veria.

Deu um suspiro. Ele já tinha cumprido seu dever de pai, não é? Tinha dado seu melhor.

Agora estava cansado.

Conte suas bênçãos, meu velho, pensou consigo mesmo. *Alguns homens não chegaram nem a ver seus netos.* Havia sobrado tão poucas coisas que ainda lhe tinham algum valor. Praticamente só Murph e Tom. Tinha algum motivo para reclamar?

Descansaria em paz quando morresse.

DEZESSEIS

Marte já era objeto de fascínio desde os primeiros dias da astronomia moderna, em parte por parecer tanto com a Terra.

Muitas civilizações tinham surgido no planeta vermelho; na imaginação de Lowell, Wells, Weinbaum, Burroughs e muitos outros autores famosos. Todas essas civilizações desmoronaram quando os primeiros robôs que lá pousaram relataram a triste verdade. Se Marte havia sido habitado por seres humanos ou alguma coisa semelhante, isso tinha sido há muito, muito tempo. E se houvesse vida lá agora, estavam se escondendo muito, muito bem.

Por isso foi deixado para trás. Marte não seria o novo mundo da humanidade, nem a Lua tampouco.

Saturno também chamara a atenção do mundo durante séculos, mas enquanto o interessante em Marte era por causa da semelhança com a Terra, Saturno era por sua enorme estranheza. No cinema, nos filmes de ficção científica, para deixar claro que um planeta era realmente alienígena, ele tinha anéis em volta. Saturno era também imenso, com atmosfera composta quase toda de hidrogênio, hélio e nuvens de cristais de amônia. Não havia possibilidade de vida lá, mas havia muita beleza, com aquelas faixas de gelo brilhando na luz fria de um sol distante.

Cooper checou seus instrumentos. Caindo na órbita, a *Endurance* tornou-se a mais nova de mais de cento e cinquenta luas que orbitavam o gigante gasoso; e isso sem contar as trilhões de joias de gelo que formavam os anéis.

Ou o objeto da missão.

Checou os controles de novo e então foi para a cabine de comunicações.

Dois anos.

Queria ver os filhos.

— *...mas eles disseram que eu posso começar meus estudos avançados de agricultura um ano antes* — Tom falou, quando Cooper se sentou na cabine de comunicação com um cobertor sobre os ombros.

Era estranho ver Tom mudar. Várias gravações tinham sido mandadas, a primeira logo depois que Cooper foi para a cama criogênica, e a mais recente, uns dias atrás. Eles estavam tão distantes da Terra agora que a luz, ou uma onda de rádio, levava cerca de oitenta e quatro minutos para fazer a viagem, tornando as conversas em tempo real impossíveis, pois haveria um espaço de quase três horas entre "Oi, como você vai?" e "Estou bem, e você?"

No espaço, distância era tempo, e tempo era distância.

Tom falava quase sempre da fazenda. Tinha tido dificuldade para Boots levá-lo a sério, mas Donald ajudou-o a solucionar isso. Tinha conhecido uma garota, mas o namoro só durou poucos meses. Cooper não se surpreendeu; lembrava-se da garota, filha única e muito mimada. Não que as pessoas não pudessem mudar, mas às vezes havia muita inércia a superar, se é que isso aconteceria.

Tom tinha conseguido reprogramar o drone, o que foi bom, pois logo depois que Cooper foi embora, a fazenda perdeu um terço dos painéis solares em uma tempestade de poeira que durou quase trinta horas. A boa notícia, segundo o filho, era que o governo declarara que as coisas mudariam depois desse evento. Dali em diante, o meio ambiente ficaria melhor.

Ele não sabia se acreditava nisso, mas esperança era esperança.

Na última mensagem, Tom parecia muito mais homem que garoto. Donald estava certo, ele estava se saindo bem. Mais que bem; esbanjava responsabilidade. A fazenda agora era *sua*.

— *Preciso ir, pai* — o filho terminou. — *Espero que você esteja seguro aí.* — Saiu da frente, e Donald apareceu, um pouco mais grisalho, parecendo um pouco mais cansado. Cooper sentiu uma ponta de culpa por ter deixado tanta coisa nas costas dele.

— *Desculpe,* Coop — ele disse, como dizia em todas as mensagens. — *Pedi a Murph para dar um alô, mas ela é teimosa como o pai. Vou tentar de novo na próxima vez. Se cuide.*

Aquele foi o fim. Imaginou como Murph estaria agora, como o rosto teria mudado dos dez para os doze anos. Estaria mais parecida com a mãe ou com ele? Ou seria mais ela mesma?

Ele não saberia, não dessa vez. E talvez nunca. Se ela não o perdoara depois de dois anos...

Suspirou, pôs um fone de ouvido e saiu da cabine de comunicação.

Romilly estava no módulo de habitação, com um ar muito pensativo e infeliz. Cooper esperava que a náusea não tivesse voltado. Quando vinha, era muito forte.

— Você está bem, Rom? — perguntou.

— Estou nervoso, Coop — Romilly admitiu. — Essa lata de metal. Radiação, vácuo lá fora, tudo quer nos ver mortos. Nós não devíamos estar aqui. — Sacudiu a cabeça, com ar de infelicidade.

Cooper olhou para o astrofísico. Era o membro mais jovem da tripulação, e certamente o mais nervoso. Estaria provavelmente melhor por trás de um telescópio do que viajando no espaço, mas no mundo não havia mais muitos astrônomos, matemáticos, qualquer tipo de cientista. A NASA catava todo talento que podia encontrar nas poucas faculdades que restavam, mas Cooper sabia que eles representavam um grupo pequeno e rarefeito. E considerando que as crianças estavam aprendendo que o programa espacial americano tinha sido propaganda política da Guerra Fria, ele duvidava que o estoque de cérebros estivesse aumentando.

Não, eles tinham sorte de ter Romilly.

Desde que ele não surtasse.

Essa foi sempre uma das maiores preocupações em relação à exploração do espaço a longo prazo. Tinham superado os efeitos prejudiciais da leveza total prolongada, pelo menos a um grau aceitável. Mas o potencial de deterioração mental nunca poderia ser eliminado.

— Nós somos exploradores, Rom — disse-lhe, tentando animá-lo. — Do maior oceano de todos.

Romilly deu um soco na estrutura da nave. O som foi vazio e estranho.

— Alguns milímetros de alumínio; só isso nos protege — ele declarou. — E não há nada dentro de milhões de quilômetros que não vai nos matar em questão de segundos.

Ele não estava errado, Cooper sabia. Mas não era naquilo que deviam estar pensando.

— Muitos dos melhores velejadores que viajavam sozinhos não sabiam nadar — disse. — Eles sabiam que se caíssem na água, seria o fim. A nossa situação não é diferente.

Romilly parecia estar ouvindo aquilo sem muito prazer. Depois de um instante, Cooper lhe passou seu fone de ouvido, que emitia os sons de uma tempestade: o barulho da chuva caindo, o estampido do raio cortando o céu, o coaxar dos sapos.

— Ouça isso — disse, esperando que esses sons relaxassem Romilly tal como o relaxavam.

Era cedo demais para começarem a se desesperar.

A magnificência de Saturno preenchia a maior parte do campo de visão de Cooper, mas não era isso que estava observando. Estava olhando por cima dos ombros de Doyle enquanto ele examinava uma série de imagens. Todas eram de campos estelares que pareciam terem sido fotografados com uma lente olho de peixe.

— Isso é da sonda? — Cooper perguntou.

— Ela estava em órbita em volta do buraco de minhoca — Doyle confirmou. — Cada vez que girava em volta, nos dava imagens do outro lado da galáxia desconhecida.

— É como girar um periscópio — disse Cooper.

— Exatamente — Doyle confirmou.

— Então temos uma boa ideia do que vamos encontrar do outro lado?

— Em termos de navegação - disse Doyle, e Brand apareceu por trás dele.

— Nós chegaremos no buraco de minhoca em menos de quarenta e cinco minutos — ela informou. — Preparem-se.

Cooper afivelou o cinto na cabine de pilotagem do Ranger e ficou olhando o espaço além de Saturno até Romilly entrar, todo entusiasmado.

Cooper ligou o rádio.

— Ponham os cintos — avisou aos outros. — Vou parar a rotação.

Começou a acionar os motores de forma controlada, forçando contra a direção de rotação. Aos poucos, mas inexoravelmente, o movimento foi diminuindo até a *Endurance* ficar imóvel; pelo menos com relação ao seu próprio eixo. E quando pararam, a sensação peculiar de queda livre voltou.

À frente deles, Cooper via um grupo de estrelas distorcidas e sentia um frio correr na espinha, uma mistura de medo e fascínio. Era por isso que estavam ali, por causa dessa coisa improvável.

— Olhe lá! — disse Romilly, animado. — Lá está o buraco de minhoca.

— Fala sem cuspir, Nikolai — disse Cooper, tentando manter-se calmo. Mas o entusiasmo de Romilly persistiu.

— Cooper, esse é um *portal* que passa através do espaço-tempo — ele disse. — Estamos vendo o coração de uma galáxia tão distante que nem ao menos sabemos onde se encontra no universo.

Cooper ficou olhando para a coisa, com as palavras do astrofísico ecoando lentamente no seu ouvido.

— É uma esfera — notou.

— É claro que é — disse Romilly. — Você pensou que fosse simplesmente um buraco?

Cooper de repente teve a impressão de estar sendo chamado para apresentar no quadro negro seu dever de casa, que não tinha feito.

— Não — respondeu, inseguro. — Bem, em todas as ilustrações...

Romilly pegou um pedaço de papel e desenhou dois pontos distantes um do outro. Parecia encantado de ter a oportunidade de explicar tudo aquilo.

— Nas ilustrações, eles tentam mostrar como a coisa funciona — falou, fazendo um buraco em um dos pontos com a caneta. — Então dizem: "você quer passar daqui para lá, mas acha muito distante?" O buraco de minhoca dobra o espaço assim...

Dobrou o papel para que o primeiro buraco se sobrepusesse ao segundo, depois atravessou a caneta por ambos, juntando-os.

— ...para que você possa tomar um atalho através de uma dimensão maior. Mas para mostrar isso, eles transformaram um espaço tridimensional... — Fez um gesto em volta da cabine, depois levantou o papel. — ...duas dimensões. Isso transforma o buraco de minhoca em duas dimensões... um círculo.

Olhou para Cooper, esperando uma resposta.

— Mas o que é um círculo em três dimensões? — Romilly perguntou.

— Uma esfera — Cooper respondeu, finalmente sacando tudo.

— Exatamente — Romilly concordou, apontando para o destino deles. — É um buraco esférico.

Cooper ruminou a ideia de "buraco esférico" à medida em que a esfera se tornava cada vez maior.

— E quem o colocou ali? — Romilly continuou, sem pensar em dar trégua. — A quem agradecemos?

— Não vou agradecer a ninguém até chegarmos inteiros no outro lado — Cooper respondeu.

— Existe algum truque para fazer isso? — Cooper perguntou a Doyle, que substituíra Romilly na cabine de pilotagem. Adiante viam-se as estrelas tremulantes da outra galáxia, afastando-se deles à medida em que se movimentavam. Era como olhar um espelho de barbear gigantesco; uma coisa desorientadora, para dizer o mínimo.

Cooper acionou os propulsores para diminuir a velocidade enquanto iam em direção à coisa.

— Ninguém sabe — disse Doyle.

Isso não parecia muito tranquilizador.

— Mas os outros conseguiram atravessar, não é?

— Pelo menos alguns deles — Doyle respondeu.

Certo, ele pensou. *Alguns deles.* Não tinha pensado em perguntar quantos pilotos da missão Lázaro não tinham enviado sinais de volta, tinham simplesmente ficado em silêncio depois de passarem pelo buraco de minhoca. E se isso tinha sido mencionado em um dos relatórios, ele devia não ter percebido.

Ou talvez tivesse apagado aquilo da memória.

— Obrigado pelo incentivo — disse Cooper. Respirou fundo e soltou o ar devagar. — Todos prontos para se despedir do sistema solar? — perguntou. — Da nossa galáxia?

Todos pareciam compreender que era uma pergunta retórica, porque ninguém respondeu. Então, sem mais comentário, Cooper empurrou o controle para a frente, dirigindo-se para a anomalia e deixando a gravidade atraí-los para o centro do buraco de minhoca.

Cooper percebeu que estava prendendo a respiração, esperando algum tipo de impacto, mas é claro que não havia nada ali em que bater. Ao contrário, eles simplesmente chegaram ao buraco, e de repente a *Endurance* tornou-se parte da distorção; seu reflexo deformado vinha na direção deles, passando através do próprio.

E o universo virou do avesso.

Imagens distorcidas do espaço-tempo pareciam correr em todas as direções. O papel de Romilly não se dobrava em três dimensões, mas em cinco, em velocidade cada vez maior, portanto tudo passava às pressas, de uma forma estonteante. No momento a *Endurance* parecia estar resistindo às forças elementares existentes do lado de fora da nave. Cooper esperava que ela se mantivesse assim.

Ele tentava compreender o que os olhos estavam lhe informando. Seu cérebro lhe dizia que estavam correndo por uma espécie de parede, uma parede de estrelas, galáxias e nebulosas que passavam em velocidades incríveis. Mas se olhasse para outra direção, parecia mais um túnel, porém era maior no fundo. Achou que estava vendo o fim do túnel, mas não parecia estar chegando mais perto, como se estivesse se afastando numa velocidade ainda maior do que a que eles estavam.

Era a coisa mais incrível que Cooper já tinha sentido, diferente de tudo que tivesse ou pudesse ter imaginado. Não estava nem ao menos certo se seria capaz de descrever tudo isso mais tarde. Mas por enquanto...

Olhou para seus instrumentos. Estavam inertes.

Não havia nada ali.

— Eles não vão ser necessários aqui — disse Doyle. — Estamos atravessando o hiperespaço, o espaço além das nossas três dimensões. — Checou seus próprios instrumentos. — Só podemos registrar e observar — concluiu.

No módulo anular, Brand viu o que parecia ser uma súbita ondulação no próprio ar, que rapidamente se multiplicou até se tornar uma distorção ondulada dentro da nave.

Dobrando na sua direção.

Movimentando-se.

— O que é isso? — Romilly perguntou, perplexo.

Dava um certo alívio saber que ele tinha visto aquilo também.

Ela ficou observando a distorção chegar, fascinada. Não lhe ocorreu se mexer. Havia uma forma ali.

— Eu acho... — murmurou — eu acho que são *eles*.

— Distorção do espaço-tempo? — Romilly disse.

Brand foi estendendo o braço na direção daquilo.

— Não faça isso! — Romilly avisou quando a coisa a tocou, e sua mão começou a encrespar-se; como o ar, como o buraco de minhoca. Mas ela não sentiu nada, nenhuma dor.

Nada, a não ser encanto.

No Ranger, Cooper viu que estavam quase chegando à luz no fim do túnel. Mas não era uma luz só, eram *muitas:* grupos de estrelas e nebulosas, galáxias e pulsares, todas se tornando maiores e chegando mais perto muito depressa, depressa demais, impossivelmente depressa...

E então eles saíram do túnel, e a ilusão das três dimensões voltou; todo o resto dobrou-se para as portas mágicas e secretas do universo. Era como observar uma pessoa real de repente tornar-se uma fotografia no papel. A imagem era reconhecível, mas faltavam a profundidade e o tempo, e a movimentação que o tempo tornara possível.

Só que ele não soube dizer o que estava faltando agora, nem mesmo formular os conceitos que as palavras poderiam identificar.

No console, os instrumentos de repente voltaram à vida agora que havia alguma coisa para eles perceberem; alguma coisa à qual podiam reagir.

Cooper levantou os olhos de novo e olhou, boquiaberto, fascinado com o que estava presenciando.

— Nós estamos... aqui — disse Doyle.

Os dedos de Brand voltaram ao normal. A distorção havia desaparecido. Mas ela continuava a olhar para eles.

— O que foi isso? — Romilly lhe perguntou.

Ela tocou na mão, lembrando-se da presença do que sentira, fora de fase, em diferentes dimensões, mas ocupando o mesmo espaço.

— O primeiro aperto de mão — respondeu.

DEZESSETE

O sol da Terra não ficava nada perto do centro da sua galáxia, mas na parte interna, mais próximo da borda, onde as estrelas eram escassas e distantes umas das outras; uma casa solitária em uma grande planície.

Definitivamente não era como um condomínio na cidade.

Aquele lugar, aquele céu além do buraco de minhoca, era mais como Nova York. Ou Chicago, pelo menos. As estrelas resplandeciam por todo lado, algumas brilhantes o bastante para deixar impressões na retina de Cooper. Nebulosas enevoadas também estavam entre elas, colorindo quadrantes de espaço inteiros com luz refratada através de gás e poeira e o jovem brilho de estrelas recém-nascidas.

Da Terra, as únicas nebulosas que se podia ver a olho nu eram manchas opacas mínimas que pareciam estrelas embaçadas. Aqui elas eram como cúmulos-nimbos.

Se aquele fosse o novo lar deles, teriam noites muito mais interessantes. E provavelmente dias mais interessantes, se fosse o caso.

Estou em outra galáxia, ele pensou, tentando realmente entender o que acontecera. A estrela mais próxima da Terra era tão distante que a luz levava quatro anos para fazer o percurso entre os dois astros. A galáxia mais próxima da Terra ficava a dois milhões e meio de anos luz dela. Dois milhões e meio de anos para a luz fazer o percurso. Isto aqui, esta galáxia, podia estar em *qualquer lugar.*

Se ele tivesse um telescópio poderoso o bastante para ver seu mundo dali, não veria os filhos. Talvez dinossauros. Ou trilobitas. Ou uma bola de fogo esfriando. Ou nada, se estivesse a mais de cinco bilhões de anos luz da Terra. E isso não era improvável. Segundo Romilly, dobrar o espaço a trilhões de anos luz não produziria um percurso mais longo do que dobrar a dez quilômetros. Mas a distância depois da dobra...

Aquilo era real.

Então, para chegar aos planetas no seu itinerário, ainda teriam de viajar através de muito vácuo.

Não existem palavras para descrever o quão longe de casa ele se sentia.

Doyle estudou a estação de trabalho. Feita a manobra inicial, todos voltaram para o módulo anular e ficaram processando seus sentimentos e os dados que estavam recebendo.

— As comunicações perdidas chegaram — Doyle informou.

— Como? — Brand perguntou.

— A sonda dessa região estava com as informações armazenadas — explicou, continuando a examiná-las.

— Anos de dados básicos — acrescentou. — Nenhuma verdadeira surpresa. Miller ficou mandando sinal positivo, e Mann também... mas Edmunds sumiu três anos atrás.

— Falha do transmissor? — Brand perguntou. Cooper sentiu a ansiedade na sua voz e teve pena dela.

— Talvez — Doyle respondeu. — Ele estava mandando sinal positivo até que de repente parou.

— Miller ainda está bem? — Romilly perguntou.

Quando Doyle afirmou que sim, o astrofísico começou a desenhar um grande círculo em um quadro branco.

— Ela está vindo depressa — falou. — Mas há um problema. O planeta está muito mais perto do Gargântua do que esperávamos.

— Gargântua? — Cooper perguntou, sem saber se gostava daquele nome.

— Um buraco negro muito grande — Doyle explicou. — Os planetas de Miller e do dr. Mann orbitam em torno dele.

Brand olhou para o diagrama que Romilly estava expondo. Se o grande círculo fosse a circunferência do Gargântua, a órbita que ele estava traçando era mais ou menos igual.

— E o de Miller está no horizonte? — Brand perguntou.

— Uma bola de basquete em torno do arco — Romilly confirmou. — Pousar lá nos deixa muito perto, o que é perigoso. Um buraco negro desse tamanho tem uma atração gravitacional imensa.

Cooper examinou os rostos graves deles, perguntando-se por que estavam tão preocupados. O problema não parecia difícil de contornar.

— Olhem aqui, eu posso girar em torno da estrela de nêutrons para desacelerar...

Brand interrompeu-o.

— Não é isso. É o *tempo*. Essa gravidade atrasará nosso relógio comparado com o da Terra. Drasticamente.

Cooper de repente compreendeu as expressões deles. Buracos negros faziam coisas loucas com o tempo. Ele já tinha até mencionado isso para Murph, mas nunca acreditou que realmente seria um problema com o qual teria de se preocupar.

Assim como em várias outras ocasiões, ele estava errado.

— É tão ruim assim? — perguntou, achando que provavelmente não queria saber.

— Cada hora que passarmos naquele planeta corresponderá talvez... — Fez os cálculos mentalmente. — A sete anos na Terra.

— Meu Deus... — Cooper murmurou.

— Isso é relatividade, minha gente — Romilly comentou.

Cooper sentiu-se como se o chão tivesse sido tirado debaixo dos pés. De repente o mundo de Miller parecia incrivelmente menos hospitaleiro.

— Não podemos pousar lá sem considerar as consequências — disse.

— Cooper, nós temos uma missão — Doyle replicou.

— É fácil para você dizer isso — Cooper retrucou. — Você não deixou ninguém na Terra esperando sua volta, não é?

— Você não sabe nada sobre mim — Doyle falou, franzindo a sobrancelha.

Brand foi ajudá-lo pela primeira vez.

— Cooper tem razão. Nós precisamos considerar o tempo um recurso, como oxigênio e comida. Pousar lá vai nos custar muito.

Doyle abrandou o tom, e foi até a tela com um ar determinado.

— Olhem, os dados do dr. Mann parecem promissores, mas levaremos meses para chegar lá. O planeta de Edmunds é ainda mais distante. Miller não mandou muitos dados, mas o que ela já mandou parece promissor; água, elementos orgânicos.

— A gente não vê isso todo dia — Brand concordou.

— Não vê mesmo — Doyle disse, com os olhos azuis brilhando. — Então, pensem nos recursos que seriam necessários para sairmos daqui...

É, Cooper concordou. *Ele tem razão.* Em essência, sair do planeta de Miller para o de Mann corresponderia a sair do profundo poço gravitacional do Gargântua. Seria como nadar rio acima, contra a corrente. Depois disso, provavelmente não sobraria combustível suficiente para uma viagem de volta para a Terra. Se a escolha fosse entre voltar um pouco mais tarde ou não voltar nunca, ele sabia o que escolheria.

— A qual distância temos que ficar do planeta para a mudança de tempo não nos afetar? — Cooper perguntou.

Romilly apontou para o desenho no quadro branco do buraco negro maciço e do planeta passando logo acima do seu horizonte.

— Bem no limite do horizonte — disse.

— Então seguimos uma órbita mais ampla do Gargântua — disse Cooper. — Paralela ao planeta de Miller, mas um pouco mais distante... Descemos no Ranger, pegamos Miller e as amostras dela, vemos o que ela tem a dizer sobre o planeta e analisamos aqui.

— Isso pode funcionar — Brand disse.

— Não há tempo para ficar lá de bobeira nem batendo papo furado - Cooper enfatizou. — Tars, é melhor você esperar aqui. Quem mais?

Romilly levantou a cabeça.

— Se for questão de alguns anos, eu usaria esse tempo para trabalhar nas observações sobre a gravidade a partir do buraco de minhoca — disse. — Essa pesquisa vale ouro para o professor Brand.

Alguns anos, Cooper pensou. Olhou para Romilly e se perguntou se aquele homem sabia bem o que estava dizendo. Ele estaria ali, sozinho, durante *anos.* Dos quatro, Romilly era comprovadamente quem se sentia menos confortável no espaço, era o mais suscetível aos seus riscos físicos e psicológicos.

Mas também seria o menos útil na superfície, e o mais útil ali.

Parecia uma grande decisão a ser tomada em um curto espaço de tempo, e não só por causa de Romilly.

Mas, como disse Brand, o tempo era um recurso tão importante para eles quanto o ar. Não era só uma questão de ver os filhos de novo. Se perdessem muito tempo, não restaria ninguém no mundo para ser salvo, a não ser os embriões que tinham trazido com eles. Resultado final: nada de plano A.

E ele resolvera que o plano A daria certo, de qualquer jeito.

— Ok — falou. — Tars, fatore a órbita do Gargântua; propulsão mínima, conserve o combustível, mas fique no alcance.

— Não se preocupe — disse Tars. — Eu não deixaria você para trás... — Abruptamente desviou o olhar de Cooper. — ... Dra. Brand — terminou, com ar de comediante.

Cooper se perguntou se seria uma boa ideia diminuir um pouco mais o nível de humor do robô.

Amelia Brand ficou pensando no buraco negro.

Se o buraco de minhoca era um buraco tridimensional pelo qual era possível ver o outro lado, embora de uma forma distorcida, o Gargântua era um buraco tridimensional para o *nada.*

O típico buraco negro era, em um passado distante, uma estrela, e provavelmente uma estrela muito grande, alegremente transformando hidrogênio em hélio, tirando bastante energia para evitar que sua própria gravidade o destruísse. Mas ao longo de bilhões de anos, o hidrogênio queimava todo, e tinha de começar a usar hélio como combustível. Quando o hélio acabava, virava-se para elementos cada vez mais pesados.

Até que um dia perdia a luta com a gravidade que ele próprio criara. A força que o mantinha brilhante e expandido não era suficiente para opor-se à sua massa. Então entrava em colapso, e a gravidade vitoriosa pressionava os átomos, que se tornavam substâncias cada vez mais densas até finalmente transformar os átomos em nêutrons. O lado físico da estrela tornava-se cada vez menor, mas sua gravidade crescia exponencialmente. No final, nem mesmo a luz conseguia escapar da atração, mas o buraco negro podia ainda crescer, engolindo as nebulosas, os planetas, as estrelas.

Mas o Gargântua era tudo menos "típico". Formado quando o universo era jovem, talvez no centro de uma galáxia, talvez tenha sido produto de muitos buracos negros menores, fundindo-se até a massa ser pelo menos cem milhões de vezes maior que a massa do sol da Terra.

O Gargântua atual era atemorizante na sua aparente nulidade. Mais além do seu horizonte, além do ponto de não retorno, além do qual nem mesmo a luz podia voltar, Amelia via um efeito; um disco brilhante rodeava o buraco negro, gás e partículas capturadas pela imensa gravidade, girando em torno dele como se fosse água escoando por um ralo. Escoava com tanta rapidez que os átomos batiam uns nos outros, liberando energia na nuvem, enchendo-a de luz e soprando como um vento através do disco, criando arabescos de plasma de uma beleza inacreditável.

Porém mais no fundo, onde aquele manto assustador e brilhante se encontrava com o horizonte de eventos do Gargântua... havia um vazio medonho.

— Literalmente o núcleo da escuridão — disse Doyle.

Isso não parecia suficiente para Amelia; como se aquele homem estivesse falando mal do Gargântua com tênue louvor. Apontando para um ponto pequeno e brilhante, desviou a atenção de Doyle do aterrorizante vazio do buraco negro.

— Aquele é o planeta da Miller — disse.

Cooper virou-se para Case, o robô, que estava sentado na cadeira do copiloto.

— Pronto?

— Pronto — o robô respondeu.

— Você não fala muito, não é? — Cooper disse com ar de zombaria.

— Tars fala por nós dois — ele respondeu.

Cooper deu um risinho, e ativou um interruptor.

— Desacoplar — disse, e ao ver o módulo anular afastando-se deles, teve um momento de hesitação.

Depois o Gargântua atraiu-os, e de repente foram se afastando da *Endurance* numa velocidade incrível.

— Romilly, você está vendo essas forças? — perguntou, sem acreditar no que seus olhos presenciavam.

— *Inacreditável.* — As palavras de Romilly foram ditas pelo rádio, mas mesmo à distância, Cooper percebia a empolgação na voz dele. — *Se pudéssemos ver além dele descobriríamos os segredos da gravidade.*

Cooper ficou olhando aquela fenda colossal no universo.

— Não dá para tirar nada dele? — perguntou.

— *Nada escapa ao horizonte* — Romilly explicou. — *Nem mesmo a luz. A resposta está ali, só que não há como vê-la.*

Cooper se concentrou na mancha marmórea azulada que estava no horizonte de eventos do Gargântua, pois ela estava se aproximando bem rápido. Observou a trajetória mais uma vez.

— Estamos indo rápido demais para entrar na atmosfera — Case comentou. — Será que devemos diminuir a velocidade?

— Vamos usar o aerodinamismo do Ranger para economizar combustível — Cooper disse para a máquina.

— Aerofrenagem? — Case perguntou. Cooper notou, para uma referência futura, que Case aparentemente tinha uma configuração de "está *brincando* comigo?"

— Bem, nós queremos entrar depressa, não é? — respondeu.

— Brand, Doyle, preparem-se — disse Case. Robôs não ficavam nervosos, Cooper sabia, mas aquele parecia um tanto ansioso.

Ficou vendo o planeta lá embaixo. À distância, não parecia tão diferente da Terra, mas à medida que se aproximavam, dava para ver que era muito mais *azul*. Tentou identificar os acidentes geográficos; continentes, ilhas; mas só conseguia ver nuvens.

Ao chegarem na proximidade da atmosfera, ele teve de se concentrar ao máximo.

Começou como um assobio, o ar era tão rarefeito que parecia vácuo comparado ao ar do nível do mar na Terra. Mas na velocidade em que estavam, essas poucas moléculas eram comprimidas o bastante para torná-las praticamente muito mais densas na sua interação com a nave caindo a prumo. De fato, isso era bom, pois dessa forma, podiam ir diminuindo a velocidade na atmosfera.

Bem, talvez não diminuir a velocidade, ele pensou, quando a nave começou a estremecer e o ar lá fora gritou em protesto. O nariz do Ranger começou a brilhar à medida que o atrito da atmosfera aumentava, e toda a estrutura da nave parecia reagir enquanto ele tentava deixar o curso mais horizontal para descer pela atmosfera como um jato, e não um meteoro.

Cooper olhou para seus instrumentos, depois para o horizonte.

— Nós podemos diminuir a velocidade... — disse Case.

— Deixa as mãos onde eu posso ver, Case! — Cooper berrou. — A única vez que eu caí foi quando diminuí a velocidade da nave no momento errado.

— Tenha cuidado — Case pediu.

— Isso pode matar, da mesma forma que a imprudência — Cooper argumentou.

— Cooper! — Doyle disse. — Estamos indo rápido demais!

— Deixa comigo — Cooper disse, enquanto a nave ameaçava se despedaçar. Os nós dos seus dedos estavam brancos com a força que estava fazendo para não largar os controles devido à vibração intensa.

— Quer que eu desative o *feedback* dos controles? — Case perguntou.

— Não! Eu preciso sentir o ar...

O módulo de pouso estava branco de tão quente agora, cortando uma fatia de nuvens finas como navalhas.

— Você consegue rastrear o sinalizador? — perguntou.

— Consegui! — Case respondeu. — Você pode manobrar?

Posso, ele pensou. *Podemos escolher entre alguns lugares diferentes para fazer um pouso de emergência, desde que estejam mais ou menos diretamente abaixo de nós.*

— Preciso diminuir a velocidade — disse. — Vou tentar descer em espiral.

Um instante depois atravessaram as nuvens. A superfície parecia perto demais para Cooper, mas pelo menos o terreno parecia plano...

— É só água — notou Doyle.

Cooper percebeu que ele tinha razão. Estavam sobrevoando um oceano.

— A essência da vida... — Brand disse.

— Estamos a mil e duzentos metros do sinal — Case avisou.

Cooper inclinou a nave o máximo que podia, tentando perder velocidade. Estavam se aproximando rápido da superfície.

— É raso — Brand informou. — Só tem alguns palmos de profundidade...

Desceram o bastante e começaram a espalhar água por todo lado, como se fossem uma lancha imensa.

— Setecentos metros — Case informou.

Cooper viu a água jorrando na sua direção.

— Esperem... — disse.

— Quinhentos metros.

Cooper puxou o controle para trás.

— Lá vamos nós! — disse.

Os retrofoguetes foram ativados logo acima da superfície, diminuindo a velocidade. Ele tentou manter a nave firme, mas ela deu uma guinada para o lado quando o trem de pouso foi ativado. A nave deu um tranco, espalhando água para todo lado. O impacto quase arrancou os dentes de Cooper, mas ele se manteve no comando, obstinadamente. Quando o ar clareou, finalmente haviam parado, e tudo parecia bem. Brand tinha razão; a água era realmente muito rasa; tanto que o trem de pouso mantinha o Ranger logo acima da superfície.

— Que manobra graciosa — Brand ironizou. Cooper notou que ela e Doyle estavam olhando para ele. Ambos pareciam ter sentido na pele o impacto da nave.

— Não — ele disse. — Mas foi muito *eficiente.*

Eles continuaram olhando para ele, mas Cooper ignorou-os, perguntando-se quanto tempo já devia ter passado na Terra.

Dias?

Meses?

É melhor não pensar nisso, decidiu.

— O que estão esperando? Saiam!

A ordem os trouxe de volta à realidade do momento; desafivelaram os cintos e checaram os capacetes. Case soltou-se do chão e foi até a escotilha. Ao abri-la, a luz e a água entraram na cabine.

Então Cooper se deu conta de que estavam em outro mundo.

DEZOITO

Amelia seguiu Doyle e Case pelo mar raso. Cooper ficou a bordo do Ranger.

Amelia experimentou patinhar na água enquanto Case tentava se orientar. A água era mais espessa, mais pesada do que o normal. Mais viscosa. Podia ser devido ao volume do seu traje espacial, mas ela achava que não. Ao se prepararem para essa missão lá na Terra, haviam treinado com aquela roupa embaixo d'água.

Mas ali era diferente.

— Por aqui — disse Case. — A mais ou menos duzentos metros.

Amelia olhou na direção indicada pelo robô. A água estendia-se até o horizonte, onde se encontrava com uma cordilheira enevoada; era uma longa cadeia de montanhas que desaparecia em cada direção. A visão do horizonte alienígena prendeu sua atenção por um instante, mas infelizmente estavam com muita pressa. Ela vinha sonhando com os primeiros momentos em um planeta extrassolar havia muito tempo, e não era assim que devia ser. Devia haver uma pequena cerimônia, aquela coisa de "Um pequeno passo para um homem".

Em vez disso, estavam com muita pressa, então a experiência parecia incompleta. Mas isso era porque a realidade era dura. Não estavam ali para colocar bandeiras e tirar fotografias.

Então ela seguiu em frente.

Amelia concluiu, após alguns metros, que os trajes espaciais não eram próprios para andar na água rasa. Eram pesados, desajeitados e não lhe deixavam sentir a superfície sobre a qual estava andando. E essa não era a única coisa que dificultava a caminhada.

— A gravidade é muito forte — disse Doyle, arfando.

— Flutuamos no espaço por tempo demais? — Amelia brincou.

— Cento e trinta por cento da gravidade da Terra — Case informou.

Certo, Amelia pensou. Isso explicava muita coisa. Essa gravidade bem maior não era ideal, mas as pessoas tinham como se adaptar a ela. A água era um bom sinal e, se tivessem sorte, haveria pelo menos alguma terra habitável no sopé das montanhas...

Continuaram em frente, tendo Case ainda na dianteira e Doyle por último.

Depois do que lhes pareceu uma eternidade, Case parou.

— Deve ser aqui — disse, começando a procurar algo. Amelia foi para junto dele.

— O sinal vem daqui — ela disse, mas aquilo não fazia sentido. O sinalizador devia estar na nave, e a nave claramente não estava ali. Mesmo que Miller tivesse sofrido um acidente, a água ali não era funda o suficiente para ocultar os destroços deixados.

Onde a nave dela tinha ido parar?

De repente Case abaixou-se e começou a mexer embaixo da água. Amelia lembrou-se de um filme que tinha visto de um urso pescando em um rio. Isto é, se o urso fosse retangular e coberto de metal em vez de pelo.

Cooper ficou observando Brand, Doyle e Case com uma aflição cada vez maior. Podia quase ouvir o tique-taque do relógio do seu cérebro indicando que o tempo estava passando lá na Terra. Como a humanidade podia esperar viver em um mundo tão absolutamente sem sincronia com o resto do universo?

Com o coração apertado, respirou fundo para tentar acalmar-se. Olhou para as montanhas. Alguma coisa nelas lembrava-lhe sua casa, mas não sabia exatamente por quê. Lembrou-se de estar guiando em direção às montanhas com Murph, vendo-as aumentar de tamanho à medida que seguia a orientação deixada por "eles" no chão do quarto de Murph.

Mas não era isso. As montanhas que ocultavam a antiga instalação da NORAD eram picos relativamente novos; recortados, cobertos de neve. As montanhas dali formavam uma cadeia incrivelmente uniforme, como uma longa dobra na crosta do planeta. E apesar de parecerem muito altas, Cooper não via neve, a não ser que ela estivesse bem no topo; aquela fina película branca.

Só então percebeu que não era das montanhas que estava se lembrando. Era da tempestade de poeira à distância, uma parede preta avançando pela terra.

Doyle finalmente chegou junto deles, completamente sem fôlego.

— O que ele está fazendo? — perguntou, fazendo um sinal com a cabeça na direção do robô.

Case respondeu puxando uma coisa do leito do mar; se é que se podia chamar assim. O lodo que escorria do objeto indicava que estava enterrado pelo menos parcialmente.

— O sinalizador dela — Amelia disse, com o coração na mão. Onde estaria Miller?

Case foi carregando o sinalizador para o Ranger.

— Destroços — disse Doyle, fazendo eco aos pensamentos de Amelia. — Onde será que está o resto?

Mas ela estava mais adiantada que ele; já havia notado algumas coisas boiando.

— Vamos para as montanhas! — disse, andando com dificuldade para lá o mais rápido que conseguia.

A voz de Cooper foi ouvida pelo rádio.

— *Aquilo não é uma cadeia de montanhas* — disse. Sua voz parecia estranha. Amelia fez uma pausa e olhou de novo para a cordilheira. Não parecia estar um pouco mais distante?

Devia ser algum tipo de ilusão de ótica.

— *São ondas...* — a voz imaterial de Cooper continuou.

Aquelas palavras passaram pelo corpo de Amelia como um choque elétrico. Não eram ondas, mas *uma* onda... uma onda inacreditavelmente imensa. Dava para ver a linha branca mínima da espuma no topo dela. Qual seria a altura? Um quilômetro e meio? Mais que isso? Não era possível dizer daquela perspectiva.

A onda estava afastando-se deles, graças a Deus.

Amelia precisava achar o gravador. Tinha que estar por ali. Foi patinhando pela água na direção dos destroços.

Cooper ouviu um barulho quando Case colocou o sinalizador na nave. Viu a onda monstruosa se afastar, e então, com uma sensação peculiar, virou-se na direção de onde ela tinha vindo.

E viu a onda seguinte crescendo à distância, riscando o céu.

— Brand, volta aqui! — gritou freneticamente.

— *Nós precisamos do gravador* — ela protestou.

Mas antes que ele pudesse dizer alguma coisa, a voz de Doyle foi ouvida pelo rádio.

— *Case* — Doyle gritou — *a Amelia!*

Cooper bateu com o punho no painel.

Que diabo Brand está fazendo?

— Droga! — gritou. — Brand, volta aqui!

Mas ela continuava lá, procurando o gravador nos destroços dentro da água.

— *Não podemos ir embora sem os dados dela* — Brand insistiu.

— Você não tem tempo! — ele respondeu.

Viu Case passar por Doyle, que estava voltando para o Ranger, lutando contra a água e a gravidade.

— *Vai, vai!* — Doyle gritou para o robô.

Case passou zunindo por ele e foi a toda velocidade em direção a Brand, assumindo uma forma que parecia uma roda.

Cooper foi correndo abrir a escotilha. À distância, viu Brand tentando tirar uma coisa da água. Olhou para trás e viu a onda aproximando-se, sabendo que devia ter milhares de metros de altura. Tentou calcular a proximidade, a velocidade, mas era difícil compreender essa proporção.

— Volta já para cá! — berrou.

Brand levantou uma coisa. Cooper não pôde ver o que era, mas depois de um esforço para levantar o objeto, ela escorregou e caiu para trás. Seja lá o que aquilo fosse, caiu em cima dela.

Amelia não conseguiu se levantar, mas ele viu os braços dela balançando. O rosto de Brand se virou para Cooper, e apesar da distância, ele viu que ela olhou para cima, na direção da montanha de água que vinha para cima deles.

— *Cooper, vai embora!* — ela gritou. — *Vai! Não vou conseguir sair daqui.*

— Levanta, Brand! — ele ordenou.

— *Vai! Foge daqui!*

Mas nesse momento, Case chegou. Tirou o objeto de cima dela, colocou-a nas costas e foi rápido em direção ao Ranger.

Só então Cooper percebeu que Doyle ainda estava lá, olhando petrificado para a onda impossível.

— Doyle! — gritou — Anda! O Case pegou a Amelia!

Doyle voltou a si e correu o mais rápido que pôde, com a maior dificuldade.

Cooper assumiu seu posto na cabine de pilotagem e começou a preparar a nave para decolar. A única coisa que via agora era a onda gigantesca.

— Anda, anda... — murmurou. O tempo estava quase se esgotando.

Desesperado, correu para a escotilha. Doyle tinha conseguido alcançar a escada, e Case estava chegando com Brand. Ofegante, Doyle saiu da frente do robô para ele passar com sua passageira.

— Vai! — Doyle disse.

Case obedeceu e passou por ele, subiu a escada e deixou Brand na nave sem cerimônias. Então se virou para ajudar Doyle, que lutava para subir a escada.

Antes que ele conseguisse entrar, a onda atingiu o Ranger, que subiu de repente e foi levantado da água rasa para a borda lateral da onda. A nave inclinou-se abruptamente, e a água do mar arrastou Doyle para longe de Case ao passar com fúria pela escotilha. A nave foi sendo levada para cima, e tudo virou de lado.

Em um piscar de olhos, Doyle desapareceu.

Naquele segundo, Cooper não sentiu emoção alguma. Viu Doyle ser varrido pela onda e teve certeza de que não havia absolutamente nada que pudesse fazer. Nada a não ser tentar salvar os outros e a si mesmo.

— Feche a escotilha! — disse para Case.

Case fechou-a, enquanto Cooper cambaleava pela cabine virada de lado para voltar a assumir o comando.

— Desligar! Desligar! — disse. — Temos de deixar a onda ir embora. — De repente sentiu toda sua emoção de volta. Sentiu-se um covarde por ter abandonado Doyle, embora soubesse que se tivesse deixado a escotilha aberta, todos teriam sucumbido. Mas o que mais sentia era simplesmente fúria.

Fúria essa que direcionou para Brand.

— Nós *não* estávamos preparados para isso! — gritou.

Já se encontravam a vários e vários metros de altura, ainda virados de lado pela montanha de água. Cooper viu-se sendo jogado como uma boneca de pano de um lado para o outro da cabine quando o Ranger começou a girar. Conseguiu agarrar Brand e enfiá-la no seu assento, e fez força para não vomitar nem perder a consciência enquanto tudo girava à sua volta.

Era como estivessem de novo nos Straights; totalmente sem controle, à mercê do universo...

DEZENOVE

Depois de uma eternidade, a nave parou de rolar e se aprumou. Cooper se mexeu no assento enquanto a água escorria da capota, e viu o que havia ao redor.

Estavam na crista da onda. Deu uma olhada nos instrumentos e constatou, apavorado, que estavam mais de um quilômetro acima da superfície. Por um instante o Ranger surfou pela espuma nas costas do leviatã, e a visão tornou-se irreal: nuvens papiráceas acima, o mar que se estendia em todas as direções, a uma distância inacreditável abaixo deles, o dorso distante da última onda no horizonte, uma tênue linha branca na outra direção.

Cooper passou a vista pelos controles desativados e olhou a grande queda que estavam prestes a sofrer.

E começaram a cair. Teve de novo a sensação de queda livre, mas dessa vez, sabia que teria algo no final.

Tinham uma sensação de dor, terror e desorientação quase absoluta, que parecia durar uma eternidade.

***

Quando a nave finalmente parou, Cooper foi estonteado para o painel de comando e pousou as mãos nos controles para ligar a nave. Milagrosamente tudo funcionou, então não perdeu tempo e começou a acionar os motores.

Os motores tossiram e engasgaram. Mas não ligaram.

É claro.

Ele sentiu o trem de pouso levantá-los da água, e tentou ligar os motores de novo.

Nada ainda.

— Estão muito encharcados — disse Case. — Deixe que sequem.

— Droga! — Cooper gritou, dando um soco no console.

— Eu falei para você me largar lá — disse Brand.

— E eu falei para você voltar para cá — ele retrucou. — A diferença é que só um de nós estava pensando nessa missão.

— Cooper, você estava pensando em voltar para casa — ela disse. — Eu estava tentando fazer a coisa certa!

— Diga isso para o Doyle — ele falou irritado.

Os olhos dela mostraram toda a sua mágoa, e Cooper ficou satisfeito com essa reação. Olhou para o relógio.

— Quanto tempo os motores vão levar para secar, Case? — ele perguntou.

— De quarenta e cinco minutos a uma hora — o robô informou.

Cooper sacudiu a cabeça e tirou o capacete. A cabine era pressurizada. Tudo cheirava a umidade, mas não era cheiro de água do mar nem de piscina. Parecia mais água destilada despejada em pedras quentes; um cheiro de mineral, mas não de sal.

— A essência da vida, hein? — ele disse. — Quanto isto vai nos custar, Brand?

— Muito. Décadas — ela respondeu, com voz monocórdica.

Cooper entrou em desespero. *Décadas*. Tom e Murph já deviam ser adultos. Que idade teriam? Parecia impossível. Esfregou o rosto, tentando compreender. Observou a onda passar, sabendo que viria outra em breve.

Tentou se concentrar na missão de novo.

— O que aconteceu com a Miller? — perguntou.

— A julgar pelos destroços, ela foi atingida por uma onda logo depois do impacto — Brand disse.

— Como os destroços ainda podem estar lá depois de todos esses anos? — ele pensou em voz alta.

— Devido à dilatação do tempo — Brand respondeu. — No tempo desse planeta, ela pousou aqui há apenas umas horas. Talvez tenha morrido há poucos minutos.

Case indicou o sinalizador, que estava ao lado da entrada da eclusa de ar.

— Os dados que Doyle estava recebendo eram da situação inicial ecoando infinitamente — disse o robô.

Cooper sentiu um nó na garganta.

— Nós não estávamos preparados para isso, Brand — disse. — Vocês são um bando de intelectuais com técnicas de sobrevivência que não chegam nem aos pés de um grupo de escoteiros.

— Mas chegamos até aqui com nossa inteligência — ela falou, defensivamente. — Mais longe que qualquer ser humano na história.

— Não longe o bastante — ele disse. — E estamos presos aqui até não restar ninguém na Terra para ser salvo.

— Estou contando cada segundo, da mesma forma que você, Cooper — Amelia disse.

Ele ficou refletindo sobre aquilo em silêncio. Não era o único que tinha deixado alguém para trás. Será que o pai dela sequer ainda estava vivo? Que idade tinha quando eles começaram a viagem? E também havia Edmunds, que talvez estivesse por lá esperando que ela fosse resgatá-lo.

— Existe alguma forma de podermos pular em um buraco negro e fazer os anos voltarem? — ele finalmente perguntou.

Ela fez um gesto com a cabeça, indicando que não.

— Não balance a cabeça para mim! — ele falou, bravo.

— O tempo é relativo. Pode estender-se e encolher, mas não pode voltar para trás. A única coisa que pode se mover através das dimensões como o tempo é a gravidade.

Ele sabia disso. Já tinha lido a respeito. Mas não estava pronto para desistir. Brand não sabia de tudo; isso estava bem claro.

— Os seres que nos trouxeram para cá se comunicam pela gravidade — Cooper disse. — Talvez estejam no futuro, falando para nós.

Ela ficou calada por um instante.

— Talvez — disse finalmente.

— Então, se *eles* podem...

Brand interrompeu-o.

— Olhe aqui, Cooper, eles são criaturas com pelo menos cinco dimensões. Para *eles*, o passado pode ser um cânion em que podem entrar, e o futuro, uma montanha que podem subir. Mas para nós, não. Ok?

Tirou o capacete e olhou para ele com um ar de empatia.

— Desculpe, Cooper. Eu estraguei tudo. Mas você sabia sobre a relatividade.

— Minha filha tinha dez anos — ele falou com amargura. — Eu não pude explicar a ela as teorias de Einstein quando viajei.

— Não podia dizer que estava viajando para salvar o mundo? — Brand perguntou.

— Não. Como pai, eu sei que a coisa mais importante de todas é fazer os seus filhos se sentirem seguros. Portanto, não podia dizer a uma menina de dez anos que o mundo estava para acabar.

— Cooper? — Case chamou num tom urgente.

Ele olhou, embora já soubesse o que seria. E era aquilo mesmo; outra onda.

Eles haviam tido muita sorte de sobreviver à primeira. Mas ele não tinha muita esperança de que sobrevivessem à segunda. Mesmo que escapassem, seriam cobertos pela água de novo, e teriam de esperar mais algumas décadas.

Agora ou nunca.

— Quanto tempo para os motores secarem? — perguntou.

— Um a dois minutos — Case respondeu.

— Nós não temos esse tempo — Cooper falou desesperado. Tentou ligar os motores de novo enquanto a onda se aproximava deles. Os motores tossiram e soltaram vapor. Mas nada além disso.

Tentou de novo.

Nada.

E de novo.

— Ponham os capacetes! — disse, enquanto a onda chegava cada vez mais perto.

VINTE

Cooper sentiu a nave sendo levada para cima quando a água começou a subir. Tentou desesperadamente se lembrar dos sistemas e das capacidades da nave.

Tinha de haver uma resposta...

Talvez houvesse.

— Libere o oxigênio da cabine para os propulsores principais — disse a Case. — Isso vai provocar a ignição.

O robô não perdeu tempo. Ouviu-se imediatamente o ar saindo da cabine, sugado para os motores.

Brand mal teve tempo de colocar o capacete.

— Vamos lá — disse Cooper, tentando ativar os motores de novo. *Só temos mais uma chance.*

Dessa vez os motores voltaram à vida, então o Ranger desviou da onda e foi subindo para o céu. Mas a onda não estava pronta para desistir deles. Cooper ficou vendo o paredão de água com o coração batendo forte. Dessa vez eles realmente conseguiram subir, a nave passou rente à crista monstruosa, e seguiram adiante, livres.

Ao dar uma última olhada para a superfície, Cooper achou que tinha visto o corpo inerte de Doyle na água rasa, mas a onda obstruiu sua visão.

Ele virou o Ranger na direção do céu e acelerou.

Romilly os viu quando entraram no módulo anular. A aparência dele chocou Amelia profundamente. Ela achava que estaria preparada para aquilo.

Mas estava enganada.

A barba de Romilly tinha ficado grisalha. Havia rugas em volta dos olhos, e seu olhar era vago, como se não acreditasse que eles estavam realmente ali; como se estivesse vendo fantasmas.

— Olá, Rom — ela disse.

— Eu esperei anos por vocês — ele falou.

— Quantos anos? — Cooper perguntou, num tom um pouco áspero.

Romily parecia estar pensativo agora.

— A essa altura devem ter sido...

— Vinte e três anos... — Tars informou.

Cooper baixou a cabeça.

— ...quatro meses e oito dias — Tars terminou o cálculo.

Cooper desviou o olhar deles.

— E o Doyle? — Romilly perguntou.

Amelia não conseguiu olhar dentro dos olhos dele, só sacudiu a cabeça. Depois se esforçou para olhá-lo, e segurou suas mãos.

— Eu achei que estava preparada — disse. — Sabia toda a teoria. — Fez uma pausa para escolher as palavras. — A realidade é diferente.

— E a Miller? — Romilly perguntou.

— Não há nada aqui para nós — ela disse.

Olhou para o rosto envelhecido dele. Então pensou em uma coisa.

— Por que você não dormiu? — perguntou.

— Eu dormi umas vezes. Mas comecei a achar que vocês não voltariam nunca mais, e achei que era errado jogar a vida fora dormindo.

Deu um leve sorriso.

— Estudei o máximo que pude sobre o buraco negro — continuou — mas não consegui enviar nada para seu pai. Temos recebido mensagens, mas não podemos enviar nada.

Vinte e três anos, ela pensou. Seu pai devia estar então com...

— Ele está vivo? — perguntou.

Para seu alívio, Romilly fez que sim. Amelia fechou os olhos.

— Temos anos de mensagens armazenadas — disse Romilly.

Amelia abriu os olhos e viu que Cooper já estava mais adiantado que ela, entrando na cabine de comunicação.

Cooper ficou parado ali pelo que pareceu ser um longo tempo até ter coragem de ligar o aparelho.

— Cooper — disse finalmente.

— *Mensagens ao longo de vinte e três anos* — a voz mecânica anunciou.

— Eu sei — Cooper murmurou. — Comece do início. — A tela iluminou-se, e lá estava Tom, como era na sua última mensagem, ainda com dezessete anos.

— *Oi, pai* — Tom começou.

Com os dedos trêmulos, Cooper fez uma pausa no aparelho e respirou fundo, tentando se preparar para aquilo.

Depois deixou a gravação prosseguir.

— *Eu conheci outra garota, pai* — disse Tom. — *Acho que encontrei quem eu queria.* — Mostrou uma foto sua com uma adolescente, de cabelo escuro, olhos escuros; era bem bonitinha. — *Murph roubou o carro do vovô* — continuou. — *E bateu com o carro. Mas ela está bem. Sua caminhonete continua andando. O vovô disse que na próxima vez, é a caminhonete que ela vai roubar. Eu falei que se isso acontecesse, seria a última coisa que ela faria...*

Cooper recostou-se e deixou as lágrimas correrem pelo rosto. E as gravações continuaram por um longo tempo. Ele esperava que talvez, talvez Murph aparecesse. Mas ela não aparecia. Era sempre Tom ou Donald. E ele ficou vendo os dois envelhecerem.

Não tinha certeza de quanto tempo já estava ali vendo as mensagens, mas Tom estava falando de novo. Parecia ter mais de vinte anos agora.

— *Tenho uma surpresa para você, pai* — disse. — *Você agora é vovô.*

Levantou um bebê pequenininho, com os olhos fechadinhos, bem enfaixado.

— *Meus parabéns* — disse Tom. — *Esse é o Jesse.*

Cooper sorriu, sentindo os olhos encherem-se de lágrimas. Sabia que o bebê que via ali não era mais um bebê.

Seu neto...

— *Eu queria que ele se chamasse Coop, mas a Lois falou que talvez o próximo* — disse Tom. — *O vovô disse que se contenta em ser bisavô de um* — Tom continuou — *então vamos deixar assim...*

A tela apagou de novo, depois voltou à vida. Era Tom, uns dez anos mais velho. Seu menino não existia mais. Quem Cooper via agora era um homem cansado, carregando um grande peso nos ombros.

— *Oi, pai. Desculpe ter estado ausente por um tempo. Mas com aquela coisa do Jesse e tudo mais...*

Fez uma pausa, com uma expressão de tristeza no rosto, e Cooper compreendeu que alguma coisa acontecera com o bebê. Seu neto. Quanto tempo tinha vivido? Que tipo de pessoa tinha sido?

— *O vovô morreu na semana passada. Nós o enterramos aqui perto de casa, junto da mamãe e do Jesse.* — Abaixou a cabeça. — *Onde a gente te enterraria se você um dia voltasse.* — Seu olhar voltou para a câmera. — *Murph apareceu para o enterro. Eu quase não vejo mais minha irmã.*

Tom suspirou, e seu rosto foi marcado por linhas de resignação.

— *Você não está ouvindo isso. Eu sei. Todas essas mensagens estão por aí, soltas na escuridão. Eu achei que enquanto eles estivessem dispostos a mandá-las, havia alguma esperança, mas... você foi embora. Nunca mais vai voltar. Eu sei disso há muito tempo. Lois diz... Lois é minha mulher, pai. Ela diz que eu tenho que me esquecer de você. Então é o que vou fazer.*

Tom parecia querer dizer mais alguma coisa, mas pelo visto resolveu se calar.

Cooper aproximou-se da tela, como se pudesse pedir a Tom que ficasse um pouco mais, para lhe dizer que estava vivo.

Mas não podia.

Na tela, Tom pôs a mão mais perto da câmera.

— *Onde quer que você esteja, pai* — Tom disse — *espero que esteja em paz. Adeus, pai.*

A tela ficou escura, mas Cooper continuou olhando para ela, secando as lágrimas do rosto com o coração apertado.

Adeus, Donald, pensou. Era difícil acreditar que Donald estivesse morto. Ele sempre fora uma presença forte, era parte integrante daquele lugar. E Cooper o havia feito carregar tanta coisa nas costas; primeiro forçando-o a cuidar de muita coisa que Erin tinha deixado quando morreu, depois a cuidar dos próprios filhos dele. E Donald aceitara essa carga calmamente; com alguns comentários, mas sem uma verdadeira queixa. Realmente, sem queixa alguma, considerando tudo isso.

Ele devia muito ao velho, e não havia como pagar essa dívida.

Às vezes você tem de ver sua vida à distância para que ela faça sentido, pensou. *Para ver aquilo que provavelmente era óbvio para qualquer outra pessoa.*

Adeus, Tom, disse em silêncio. *Adeus, filho...*

É claro que Murph não podia perdoá-lo. A mãe se fora para sempre, mas não por decisão dela. Mas o pai *decidiu* deixar a família. Como ela poderia perdoar isso?

Como ele podia não ter notado isso? Estava tudo bem à sua frente.

Como muitas outras coisas.

A tela continuava escura; as gravações tinham terminado. Cooper a tocou de novo, a única conexão com a família.

Então a tela iluminou-se. Ele tirou a mão, surpreso.

Uma mulher com quase quarenta anos, cabelo de um ruivo bem vivo, olhava para ele. Era uma mulher bonita. Começou a dizer alguma coisa, mas logo depois parou, parecendo insegura. Então assumiu uma expressão determinada. Era uma figura chocantemente familiar.

— *Olá, pai* — ela disse finalmente. — *Seu filho da puta.*

Cooper arregalou os olhos.

— Murph? — sussurrou.

— *Eu nunca fiz nenhuma gravação enquanto ainda recebíamos resposta, porque estava com raiva por você ter nos deixado. Quando você parou de dar qualquer retorno, achei que seria melhor eu simplesmente continuar vivendo com a minha decisão.* — Fez uma pausa, e acrescentou: — *E foi o que fiz... Mas hoje é meu aniversário. E é um aniversário especial, porque você um dia me disse...*

Sua voz ficou embargada, e ela se calou por um instante.

— *Você um dia me disse que quando voltasse, talvez nós tivéssemos a mesma idade... e hoje eu tenho a idade que você tinha quando nos deixou.* — Seus olhos brilharam quando as lágrimas começaram a se formar. — *Então está na hora de você voltar* — disse.

E desligou a câmera.

Mais uma vez Cooper ficou olhando para a tela vazia.

Feliz aniversário, Murph, pensou, atordoado.

O que foi que eu fiz?

VINTE E UM

— Eu não queria interromper — disse uma voz suave, ao ver Murph secar as lágrimas. Ela virou-se e viu o professor Brand. Não tinha ouvido sua cadeira de rodas aproximar-se.

— Eu nunca vi você aqui — ele disse.

Murph levantou-se.

— Eu nunca estive aqui — ela falou. E sem pensar, passou por trás da cadeira de rodas e foi levando o professor para o corredor.

Ela antes achava que ele jamais se renderia à cadeira de rodas; a princípio, Brand tinha tentado andar com a ajuda de bengala e muleta, mas levou vários tombos, sendo um deles quase fatal. A certa altura, ela conseguiu convencê-lo de que sentado ele podia fazer o que lhe era realmente importante tão bem quanto o fazia em pé; provavelmente até melhor.

— Eu converso com a Amelia o tempo todo — disse o professor. — Isso ajuda. Estou contente de você ter começado a conversar também.

— Eu não comecei. Só tinha uma coisa para pôr para fora — Murph confessou.

Se ele tivesse perguntado, talvez ela tivesse falado um pouco mais, ou talvez não. E ele não perguntou; ela sabia que ele não o faria. O professor Brand fazia parte da sua vida havia muito tempo. Havia tirado-a da escola onde estudava e a levado para lá a fim de que tivesse uma boa educação sob sua guarda. Ele guiou a vida dela.

O pai de Murph cuidou dela por dez anos. O professor fazia parte da sua existência diária havia quase três vezes aquele período. Ela o amava de certa forma, e ele provavelmente diria o mesmo sobre ela. Mas Brand respeitava seu interior secreto e difícil. Nunca tentava pressioná-la para falar sobre os pensamentos e sentimentos que guardava a sete chaves, e Murph, por sua vez, respeitava os silêncios dele.

O professor falava tanto de Amelia que Murph tinha impressão que a conhecia, embora as duas tivessem se visto só uma vez, muito tempo atrás. Mas por mais que o professor falasse de Amelia, havia uma coisa que nunca tinha admitido. Uma coisa que Murph sabia intuitivamente o que era.

Ele acreditava que nunca mais veria a filha.

E ela compreendia isso muito bem. Era um vínculo que os mantinha juntos, esse medo que não discutiam.

Logo depois entraram no escritório do professor. Ele foi com a cadeira de rodas para trás da mesa.

— Eu sei que os dois ainda estão lá — disse.

— Eu sei — Murph respondeu. Ela não tinha muita certeza, mas o professor precisava ser encorajado.

— Talvez as comunicações deles só não estejam chegando. Isso pode acontecer por várias razões.

— Eu sei, professor.

— Não estou certo do que tenho mais medo. Que eles não voltem nunca mais ou que voltem e descubram que nós falhamos.

— Então isso tem que dar certo — Murph disse.

Ele está velho, pensou. *Cansado e... uma outra coisa.* Que ela não conseguia detectar.

O professor apertou os lábios e fez que sim. Apontou para a fórmula que cobria grande parte do escritório.

— Então — começou — voltando à quarta iteração, vamos fazer isso com um arranjo finito.

Murph fez uma pausa e pegou seu caderno.

Sério?

— Com todo o respeito, professor — ela disse — já tentamos isso uma centena de vezes.

— Mas só precisa funcionar *uma* vez, Murph.

Ela deu de ombros e, com relutância, começou a seguir as instruções.

Mais tarde sentaram-se em um corredor, ficaram comendo sanduíches e observando a construção contínua da grande nave espacial. Enquanto os olhos dele passavam pelo cilindro gigantesco, ela viu o orgulho estampado no seu rosto, como nos velhos tempos, quando a levou lá pela primeira vez depois que o pai foi embora. Quando ela começou a aprender a respeito da missão, e a acreditar nela. Compreender o propósito da sua vida.

— Cada rebite que é cravado aqui podia ter sido uma bala — ele disse. — Nós fizemos bem ao mundo aqui. Mesmo que nós não desvendemos a equação antes de eu morrer...

— Não seja mórbido, professor — Murph interrompeu. Disse isso com carinho, mas na verdade realmente não queria pensar na morte dele. Quase todas as pessoas que lhe importavam estavam mortas, ou talvez estivessem. Restavam só o professor e Tom, e ela e Tom... bem, alguma coisa se perdera entre os dois.

— Eu não tenho medo da morte, Murph — o professor lhe disse. — Sou um velho físico. Tenho medo é do *tempo.*

Essa frase lhe intrigou um pouco, mas só foi depois do almoço, quando voltaram para o escritório, que a intriga foi aumentando até deixar sua cabeça pesada.

— Tempo — ela repetiu. — O senhor está com medo do tempo...

E então teve certeza.

— Professor, a equação...?

Ele levantou os olhos do seu trabalho. Murph respirou fundo e continuou.

— Estamos anos tentando resolver a equação sem mudar os pressupostos subjacentes sobre o tempo — disse.

— E então? — ele falou com suavidade.

— Quer dizer que cada iteração torna-se uma tentativa de provar sua própria prova. É repetitivo. Sem sentido...

— Você está dizendo que todo o trabalho da minha vida "não faz sentido", Murph? — ele perguntou, irritado.

— Não — respondeu, estranhamente irritada. — Estou dizendo que o senhor tem tentado resolver isso com um olho fechado, ou melhor, com *os dois* olhos fechados.

De repente sentiu-se não incerta, mas... desconfiada.

— E não entendo *por quê* — ela terminou.

O professor Brand olhou para o chão e depois foi indo em direção à porta.

— Eu estou velho, Murph — disse. — Podemos deixar esse assunto para outro dia? Agora quero falar com a minha filha.

Ela fez que sim, vendo-o afastar-se dali, sem saber o que estava acontecendo.

Amelia Brand via o pai envelhecer diante dos seus olhos. Ele falava sobre a missão, perguntava como ela estava, reclamava de umas dorzinhas que sentia, e dava notícias de conhecidos seus. Contou que um rapaz chamado Getty se tornara médico. De início ela não soube a quem o pai se referia, pois os Gettys que conhecera eram especialistas em cibernética; mas finalmente se lembrou que eles tinham um filho de dez ou doze anos quando ela deixou a Terra.

Ela fora sua babá uma ou duas vezes.

O pai contou também que Getty tinha uma nova assistente, uma moça inteligente: Murph, a filha de Cooper. Os dois estavam trabalhando na equação da gravidade, e ele achava que estavam quase solucionando-a.

Enquanto os anos passavam, ele continuava otimista. Ela ainda tinha esperança de que na próxima mensagem ele dissesse "Eureka!", mas ao longo de mais de duas décadas de mensagens, tal não aconteceu. Ainda assim, o plano A continuava a todo vapor, o pai assegurou-lhe. A primeira das imensas estações espaciais estava quase terminada; estava esperando apenas uma coisa que a libertasse da tirania da gravidade planetária.

O pai não fez menção disso, mas a certa altura Amelia percebeu que ele estava numa cadeira de rodas e que provavelmente não andaria mais. Mas mesmo parecendo frágil, dava para sentir a paixão na sua voz e nos seus olhos. O pai não se curvara ao tempo, e esperava que ninguém se curvasse.

— Quando nós viajarmos pelo universo — disse a ela no final, com os olhos cheios de lágrimas, mas alertas — teremos primeiro de enfrentar a realidade de que nada no nosso sistema solar poderá nos ajudar. E enfrentar também as realidades da viagem interestelar. Teremos de nos aventurar muito além do alcance dos nossos próprios tempos de vida, pensando não como indivíduos, mas como uma espécie...

VINTE E DOIS

Cooper fez um sinal de afirmação quando Brand se aproximou. Era hora de decidir o que fazer, parar de chorar as mágoas e prosseguir.

— Tars manteve a *Endurance* exatamente onde precisávamos — disse. — Mas levou muito mais anos do que prevíamos...

Uma órbita era uma queda controlada, e a maioria das órbitas não era estável ao longo do tempo. Esse fato era conhecido desde a época de Newton, que gastou galões de tinta tentando descobrir por que os planetas não se chocavam com o sol nem escapavam espaço afora. No final, sua melhor suposição foi que como Deus não queria que fosse assim, de vez em quando Ele jogava um cometa pelo sistema solar para colocar tudo de volta no curso.

Cooper abriu as imagens dos planetas restantes: o de Mann, um ponto branco, e o de Edmunds, um ponto vermelho.

— Nós não temos combustível suficiente para visitar os dois planetas. Precisamos escolher.

— Como? — Romilly perguntou. — Ambos são promissores. Os dados de Edmunds eram melhores, mas o dr. Mann é o único que ainda está transmitindo.

— Não temos razão para supor que os resultados de Edmunds tenham sido ruins — Brand disse. — O mundo dele tem elementos básicos para sustentar a vida humana...

— O do dr. Mann também — Cooper indicou.

— Cooper — Brand falou, virando-se para ele — esse é o meu campo. E realmente creio que o planeta de Edmunds é a nossa melhor opção.

— Por quê? — ele perguntou.

— Por causa do Gargântua — ela respondeu, aproximando-se da tela. — Veja o mundo da Miller; hidrocarbonetos e elementos orgânicos. Mas nenhuma vida. Estéril. Encontraremos a mesma coisa no mundo do dr. Mann.

— Por causa do buraco negro? — Romilly perguntou.

Ela fez que sim.

— A lei de Murphy — ela disse. — O que puder acontecer acontecerá. O acidente é o primeiro passo para a evolução; mas se estivermos orbitando em volta de um buraco negro, há menos coisas que *podem* acontecer. Ele suga asteroides e cometas, fenômenos aleatórios que caso contrário acabariam alcançando o planeta. Precisamos ir mais para longe.

Lei de Murphy. De repente Cooper viu-se na Terra, junto da caminhonete, explicando a Murph que seu nome não significava uma coisa ruim, era na verdade uma afirmação de que a vida trazia surpresas, tanto boas quanto ruins. E que ele e Erin estavam preparados para lidar com as coisas que acontecessem na vida.

Mas sabia que agora precisava concentrar-se. Compreendeu o que Brand estava tentando dizer, e lhe pareceu um bom argumento. Mas sabia também que havia alguma coisa por trás das suas palavras, e o planeta de Edmunds era muito mais distante...

— Você um dia disse que o dr. Mann era o "melhor de nós" — disse, com certa dor na consciência, pois sabia que a deixara em uma situação difícil. Mas isso era importante demais para deixar passar.

— Ele é notável — Brand concordou, sem hesitação. — Nós só estamos aqui por causa dele.

— E ele está lá, enviando-nos uma mensagem clara de que devemos ir para aquele planeta — Cooper falou.

Brand apertou os lábios, mas não disse nada.

Romilly olhou de um para outro, sentindo-se desconfortável, talvez percebendo que havia alguma coisa por trás daquela conversa; alguma coisa que não era de seu conhecimento.

— Vamos votar? — perguntou.

Cooper não se sentiu bem com o que estava prestes a fazer. Mas não era hora de se preocupar com os sentimentos dos outros.

— Se vamos votar — disse a Romilly — você precisa saber de uma coisa. — Fez uma pausa. — Brand?

Ela não mordeu a isca, permaneceu em silêncio.

— Ele tem direito de saber — Cooper insistiu.

— Isso não tem nada a ver — ela falou.

— *O que* não tem a ver? — Romilly perguntou.

Cooper deixou que Brand respondesse, mas como ela continuou calada, ele falou.

— Ela é apaixonada por Wolf Edmunds — disse.

Romilly levantou a sobrancelha.

— É verdade? — perguntou.

Brand estava abalada.

— Sim — ela admitiu. — É por isso que quero seguir meu coração. Mas talvez tenhamos gasto tempo demais tentando descobrir tudo isso com teoria...

— Você é uma cientista, Brand — Cooper interrompeu.

— Eu sou. Mas estou tentando dizer que não fomos nós que inventamos o amor. O amor é uma coisa observável, poderosa. Por que não deve significar alguma coisa?

— Significa utilidade social — disse Cooper. — Educação dos filhos, vínculos sociais...

— Nós amamos pessoas que morreram — Brand objetou. — Onde está a utilidade social disso? Talvez signifique que há uma coisa a mais; uma coisa que ainda não podemos compreender. Talvez seja alguma evidência, algum artefato de dimensões maiores que não podemos perceber conscientemente. Eu tenho atração por alguém do outro lado do universo, que não vejo há dez anos e que provavelmente está morto. Amor é a única coisa perceptível que transcende as dimensões de tempo e espaço. Talvez nós devêssemos confiar nisso, mesmo sem poder compreender ainda. — Lançou um olhar de súplica para Romilly, mas ele desviou os olhos. E dava para Cooper imaginar o que ele estava pensando; que Brand provavelmente havia enlouquecido.

Ou pelo menos que estava com um ou dois parafusos a menos.

Brand também notou isso em Romilly, então apelou para Cooper.

— Sim, Cooper — assentiu, desanimada. — A menor possibilidade de ver Wolf de novo me entusiasma. Mas isso não quer dizer que eu esteja *errada*.

Cooper teve uma ligeira sensação de *déja vu*, e lembrou-se da conversa com Donald na varanda.

"*Eu não vou mentir para você, Donald*" ele tinha dito. "*Acho que nasci para viajar para um outro mundo, é uma coisa que me entusiasma muito. Não vejo mal nisso*".

— Sinceramente, Amelia — Cooper disse com muito jeito — talvez queira dizer sim.

Brand ficou murcha. Sabia que tinha perdido a discussão. Cooper sentiu pena dela, mas tinha de fazer o que era lógico. Fazer o que seria mais benéfico para o objetivo da missão.

— Tars — continuou — ajuste o curso para o planeta do dr. Mann.

Antes de Brand virar o rosto, Cooper viu lágrimas nos seus olhos.

Depois que saíram da órbita e iniciaram a nova trajetória, ele a encontrou. Ela estava checando a bomba populacional.

— Brand, sinto muito — disse Cooper.

— Por quê? — ela perguntou, mas sua voz estava tensa. — Você está sendo objetivo, nada mais; a não ser que esteja me punindo por eu ter estragado tudo no planeta da Miller.

— Não foi uma decisão pessoal minha — ele disse.

Brand desviou a atenção da parafernália de vidro e metal e olhou dentro dos olhos dele. A mágoa e a raiva dela arderam no rosto de Cooper como se fossem uma lâmpada quente. Era surpreendente, de certa forma, ver seu desprendimento habitual tão comprometido.

— Mas se você estiver errado, terá de tomar uma decisão *muito* pessoal — disse, em tom um tanto ácido. — Seus cálculos de combustível levam em conta uma viagem de volta. Se o planeta do dr. Mann não der certo, teremos de decidir se voltamos para casa ou continuamos até o planeta de Edmunds, com o plano B. Dar início a uma colônia poderia nos salvar da extinção.

Ela fechou o painel.

— Talvez você tenha de decidir entre ver seus filhos de novo... ou garantir o futuro da raça humana — advertiu, com um sorriso nada amistoso. — E quando essa hora chegar, eu espero que você seja tão objetivo quanto está sendo agora — terminou.

Murph e Tom ficaram vendo o campo arder em chamas. Ou melhor, o milho. Murph observou cada pé de milho com seu próprio fogo; cada haste incandescente juntando-se, faísca por faísca, à ebulição negra acima da luz, levando a fumaça inutilmente para o céu. Por um instante imaginou cada uma dessas hastes como filamentos de uma lâmpada, chamas em uma lanterna, varas de metal superaquecidas, uma floresta alienígena em um mundo distante. Cada pé de milho, o criador e o centro de sua própria imolação, cada um ardendo sozinho. Dizer que o campo ardia em chamas era não perceber o que realmente acontecia. Um campo era uma abstração. Uma única planta, não.

Era uma vida sendo sacrificada para que outras pudessem sobreviver.

Então os pés de milho começaram a se desfazer como papel; a corrente de ar reduzia alguns a fragmentos sendo levados para cima, e outros caíam esfacelados em pilhas brilhantes no chão; mas essa ilusão também se desvanecia. Em breve não haveria mais milho, nem campo. Só carbono e poeira, inseparáveis na sua ausência de vida.

— Nós perdemos perto de um terço do milho nessa estação — disse Tom. — Mas no ano que vem... vou começar a trabalhar nos campos do Nelson. Para compensar.

Murph teve vontade de sacudir o irmão, fazer com que ele compreendesse que não haveria "compensação". Mas de que adiantaria?

— O que aconteceu com Nelson? — perguntou.

A expressão do irmão dizia que ela provavelmente não ia gostar de saber, então não insistiu. Aquele lugar, com sua gente, a casa onde tinha sido criada; tudo parecia remoto e um pouco irreal para Murph agora.

Tom foi indo para casa, e ela o seguiu. Por trás dos dois, o campo continuava a cremação.

Murph tentou parecer interessada no jantar, enquanto Tom e Lois conversavam sobre a fazenda, e o filho de seis anos, Coop, sorria e fazia caretas para ela. O menininho a lembrava do avô, de várias formas. Talvez até mais do que ele a lembrava de Tom.

— Você vai dormir aqui? — Lois perguntou. — Seu quarto está como você deixou. Só coloquei lá minha máquina de costura, mas...

Murph analisou o prato e ficou mexendo na comida com o garfo. Gostava bastante de Lois, era uma boa companheira para Tom; confiável, forte, compassiva. Fora isso, não a conhecia muito bem. Suas visitas ali eram curtas, e além de conversarem sobre a fazenda, não tinham outros interesses em comum.

— Não — respondeu, preparando uma desculpa. — Preciso...

Olhou para o andar de cima, depois para Lois, e percebeu que não queria mentir para a cunhada.

— Muitas lembranças, Lois — admitiu.

Lois fez um gesto afirmativo, mostrando que compreendia.

— Talvez nós possamos dar um jeito nisso — disse Tom, enquanto ele e Coop começavam a levar os pratos para a cozinha. Quando Coop pegou o prato de Murph, teve uma crise de tosse; uma tosse horrível vinda do fundo do peito.

O menino deve ter percebido a preocupação da tia, pois deu um sorriso para ela.

— É a poeira — disse. Como se não fosse nada demais. Como se a doença fizesse parte da vida naqueles dias, como uma topada no dedo do pé ou um nariz sangrando. Coisas normais da infância em que ninguém podia dar jeito.

Seria assim que Tom via as coisas? Talvez. Senão teria lhe perguntado se ela podia ajudar de alguma forma. Mesmo que ele não entendesse exatamente o que a irmã fazia, sabia que ela tinha acesso a recursos científicos e médicos que a maioria das pessoas não tinha.

— Eu tenho um amigo que pode dar uma olhada nos pulmões dele, Lois — Murph disse, enquanto Tom e Coop iam para a cozinha.

Lois fez que sim, e parecia que ia dizer alguma coisa quando o marido voltou com uma garrafa de uísque e se sentou. Murph franziu a sobrancelha, mas não disse nada.

Lá fora ela viu nuvens de poeira rolando pela planície sob o crepúsculo.

Na viagem de volta, enquanto passava pela mesma estrada esburacada que passara com o pai muitos anos atrás, Murph ficou se perguntando por que Lois não queria discutir a possibilidade de levar Coop a um médico. Será que tinha medo que Tom considerasse isso uma espécie de concessão? Como se admitisse que ele não podia dar tudo de que o filho precisava? Ou pior, será que isso o forçaria a admitir, para si próprio e para os outros, que as coisas estavam piorando?

Mas não era só para Coop. As coisas estavam piorando para todos, ela sabia disso. Mais gente ficava doente; e continuava assim. O que tinha acontecido com Nelson? Foi Tom que não quis falar sobre isso.

As projeções mostravam que as doenças respiratórias estavam aumentando tanto em número quanto em gravidade, e que a poeira era apenas parte do problema. Os níveis elevados de nitrogênio também estavam afetando a saúde humana; de forma direta e indireta. No mar, o nitrogênio em excesso estava causando aumento de algas por todo lado e imensos bolsões de água hipóxica, especialmente em áreas rasas, onde antes existiam recifes. Isso, acrescido das transformações climáticas que tinham mudado grandes correntes, levava à maior extinção de espécies marinhas desde o período Permiano; ou seja, em toda a história do planeta.

Quando os mares morressem, ou quase isso, seria apenas uma breve questão de tempo para o restante do ecossistema terrestre entrar em falência. A vida em si não estava em perigo; as bactérias, por exemplo, continuariam a se desenvolver. Mas seria esse meio ambiente capaz de sustentar a vida humana? O homem poderia resistir por poucas décadas. Talvez. Se tivesse sorte.

Mas a maioria das pessoas não sabia disso. Segundo as notícias, as coisas ficariam melhores em breve. "A qualquer momento". Só Murph e relativamente poucas outras pessoas sabiam da verdade. Sem o plano A, todos os habitantes da Terra estariam mortos em uma geração. Ou duas, na melhor das hipóteses.

Ela passara toda a vida adulta lidando com esse grande final, tentando salvar a raça humana. Mas agora estava observando aquilo sob outra perspectiva, vendo o sobrinho estourar os pulmões. E se Coop, como seu irmão Jesse, não sobrevivesse até o plano A ter início?

Murph não deixaria que isso acontecesse, quer Tom acreditasse ou não. Ela podia fazer alguma coisa.

De repente ouviu um ruído, e percebeu que o rádio estava tentando chamar sua atenção.

***

O doutor Getty recebeu-a assim que ela chegou, e foi levando-a pelo corredor às pressas.

Getty era um sujeito agradável e jovial. Murph gostava dos seus olhos e do seu sorriso. Mas agora ele não estava sorrindo. Seus olhos pareciam preocupados e, pior ainda, aflitos. Diziam o que ele não queria verbalizar.

— O professor perguntou por você logo que voltou a si — Getty informou, com pesar — mas nós não conseguimos entrar em contato com você...

Ao entrar no quarto, Murph ficou consternada. Mesmo preso à cadeira de rodas, havia sempre uma força no professor Brand, uma energia que o mantinha vivo. Dava para ver nos seus olhos, ouvir na sua voz.

Mas ela percebeu, chocada, que não havia mais nada disso agora, ou quase nada. Ele parecia pequeno naquela cama hospitalar, diminuído pelas máquinas que o monitoravam e o mantinham vivo. Quando ela chegou ao lado da cama, mal pôde ouvir sua respiração.

— Murph? Murph? — ele murmurou.

Ela pegou sua mão.

Isso não está acontecendo, pensou. *Eu não estou preparada para isso.*

— Estou aqui, professor.

— Não me resta muito tempo de vida... — disse, fazendo força para respirar. — Preciso te dizer...

— Tente se acalmar — Murph disse.

— Todos esses... anos. Todas essas pessoas... contaram comigo.

— Está tudo bem, professor — ela insistiu, dando-lhe uma força.

— Eu deixei... vocês todos... na mão.

— Não — disse Murph, quase chorando. — Eu vou terminar o que o senhor começou.

O professor Brand olhou para ela, com lágrimas nos olhos fracos.

— Murph. Que bom, que bom, Murph. Eu disse para você ter fé... acreditar...

— Eu acredito — ela disse.

— Eu precisava que você acreditasse que seu pai ia voltar — ele continuou.

— Eu acredito, professor.

— Me perdoe, Murph.

— Não há o que perdoar — ela disse. Mas a expressão de Brand era de muita angústia, e denotava uma vergonha terrível. Depois de tudo que ele fizera, como podia se sentir assim? Não era justo que morresse se sentindo um fracassado.

— Eu *menti*, Murph — ele confessou, suspirando.

Ela piscou os olhos, perguntando-se o que ele queria dizer com isso. Mentiu sobre quê?

— Eu menti para vocês — continuou. — Não há razão para eles voltarem... não há como eles nos ajudarem...

— Mas o plano A — ela contestou, confusa. — Tudo isso, todas essas pessoas, a equação!

Ele virou lentamente a cabeça de um lado para o outro, com lágrimas escorrendo pelo rosto. Suspirou de novo, sem olhar mais para ela. Sua respiração foi cessando aos poucos, e quando tentou respirar mais, o peito mal se moveu.

— Ele sabia? — ela sussurrou, desesperada. — Meu pai sabia? Ele me abandonou?

Seus lábios mexeram quando ele tentou dizer mais uma coisa.

Ela chegou mais perto.

— Não... não... vás... tão docilmente... nesta... nesta...

— Não! — ela gritou. — Não, professor, fique conosco! O senhor não pode ir embora!

Getty apareceu lá de repente.

— O senhor não pode — ela disse. — O senhor não pode, o senhor...

Getty pôs a mão no ombro de Murph, e os dois viram a vida esvair-se do professor Brand. A pergunta dela continuou no ar, sem resposta.

VINTE E TRÊS

Quando Murph juntou coragem para enviar uma mensagem para a filha do professor Brand, sua tristeza e confusão tinham se transformado completamente.

— Dra. Brand — ela começou, tentando se controlar e manter uma voz estável e profissional. — Sinto dizer que seu pai faleceu hoje. Não sentiu dor, e estava... em paz. — Fez uma pausa e acrescentou: — Sinto muito pela sua perda.

Procurou o interruptor, para parar a mentira por ali. Era provável que Brand nunca recebesse a mensagem, e se recebesse... bem, ela estava no espaço, muito longe de casa. Precisaria ser confortada, e...

Então tirou a mão do interruptor.

Amelia era filha dele. *Filha* dele, parte da coisa toda. Ela confiara no pai, e ele a traíra completamente; o pai a deixara. Quem e o que lhe restava para confiar?

O professor Brand era um mentiroso. Ela não era.

Em paz uma ova, pensou com amargura. *Ele morreu agoniado por causa do que fez.* E se quando parou de respirar encontrou algum tipo de paz, não merecia.

E não respondeu à sua maldita pergunta, não deu a ela a única resposta que lhe importava. Aquele maldito usou seu último sopro de vida para citar Dylan Thomas pela última vez.

— Você sabia, Brand? Ele te contou? Você sabia que o plano A era um embuste? Você sabia, não é? E nos deixou aqui. Para morrer — gritou. — Vocês nunca vão voltar.

Na *Endurance,* Case registrava a mensagem raivosa de Murph enquanto via o Ranger diminuir, carregando os passageiros para o mundo branco muito além da janela da cabine de pilotagem.

VINTE E QUATRO

Cooper examinou o mundo de Mann enquanto se aproximavam do manto de nuvens semelhantes às nuvens cúmulos-nimbos fofas da Terra; majestosas e brancas, com picos altos e curvos e vales profundos e sombrios. Parecia um bom sinal, embora as nuvens fossem tão densas que não dava para ver nada abaixo delas.

Quando se aproximaram ainda mais, ele começou a se preocupar. O que o *display* lhe dizia sobre a densidade daquelas nuvens parecia... impossível. De qualquer forma, diminuiu bastante a velocidade de descida, na esperança de que os instrumentos estivessem errados, sem se dispor a correr riscos.

Não depois do mundo da Miller.

Fez uma curva para atravessar uma das nuvens que, para seu alívio, lhe pareceu inteiramente normal. Talvez os instrumentos é que estivessem com algum problema, mesmo.

Mas ao entrarem na próxima, o Ranger estremeceu horrivelmente. Cooper ouviu um barulho terrível de algo arranhando ao perderem uns painéis térmicos da asa.

Que droga, pensou. *Por que nada é o que parece ser?* Assim como as montanhas do mundo da Miller não eram montanhas, a maioria dessas nuvens não eram apenas nuvens. Eram formações de dióxido de carbono congelado, gelo seco, que ao sublimar, criava uma cobertura fina e enganadora de vapor em seu entorno.

Feliz por ter confiado no seu instinto e não ter entrado direto nas nuvens, fez outra curva. Escolhia a trajetória com cuidado, procedendo como se estivesse passando por um campo minado, recebendo instruções de Tars. E sempre seguindo o sinalizador.

Certa vez quando era criança, voou de ponta a ponta do país em um avião comercial. Nessa viagem, enquanto o avião atravessava e sobrevoava aquele mundo maravilhoso de nuvens, ele ficou imaginando como seria andar nelas, usá-las como veículos para atravessar o céu.

Ao que parecia, teria essa chance agora.

Cuidado com o que deseja, pensou.

Aproximavam-se do sinalizador. O sinal estava vindo do alto de uma montanha de nuvens congeladas. Cooper deu uma olhada rápida no radar e resolveu não pousar ao lado dela. A plataforma gelada que se apresentava era pequena e instável demais. Em vez disso, escolheu um lugar maior, mais plano e mais denso, um pouco abaixo.

Uma vez pousados, começaram a colocar os capacetes, mas sem a pressa desenfreada que tiveram ao descer no mundo de Miller. Estavam bem além da zona da dobra do tempo do Gargântua, portanto não era preciso agir com precipitação. Cooper deu uma boa olhada em volta para certificar-se de que não havia nenhuma surpresa desagradável vinda de baixo, do alto ou dos lados.

Mas não havia tanto tempo a perder, e quando ele se sentiu seguro da estabilidade do pouso, Tars abriu a escotilha. Saindo com cuidado da eclusa de ar para o gelo, os quatro começaram a subir a ladeira na direção do sinalizador, com Tars na retaguarda. Cooper esperava desesperadamente que não tivessem de enfrentar outro jogo de esconde-esconde.

Mas assim que chegaram no topo da montanha, ele notou uma mancha cor de laranja, localizada nos monturos de gelo pulverizado. Apertou o passo, e constatou que estava diante da forma coberta de gelo de uma nave da missão Lázaro. Tars subiu logo atrás, começou a cavar, e Cooper preparou-se para o pior. Mann podia muito bem estar morto, como Miller, só que dessa vez, encontrariam um corpo. Cooper olhou para Brand e Romilly, e viu pela expressão de ambos que estavam tão receosos quanto ele.

Depois da eclusa de ar estar livre de gelo e aberta, Cooper entrou cautelosamente. A cabine estava isenta de vida, e havia um ar lúgubre sob a fraca luz azulada que filtrava-se pelas janelas cobertas de gelo. Tars ligou o módulo, e as luzes acenderam. Cooper viu a câmara criogênica e foi até lá, seguido de Tars. Com a mão enluvada, limpou o gelo que cobria a placa com um nome.

Dr. Mann.

Depois de uma inspeção rápida, Tars acionou a câmara criogênica, e o gelo começou a derreter. Nesse meio tempo Cooper fechou a eclusa de ar de novo. Depois da passagem estar selada e o ar estar circulando no ambiente, tirou o capacete. O ar era desagradável, mas respirável, com cheiro ligeiramente acre de amônia. Viram no chão um robô mecânico, semelhante a Tars e a Case, todo desmantelado.

Logo depois o leito criogênico deu sinal de que tudo estava pronto. Cooper levantou a tampa e viu lá dentro uma figura enrolada em plástico. Ainda estava preparado para o pior. A água em volta do corpo estava um pouco quente, e o vapor elevava-se no ar frio.

Cooper encontrou o lacre no plástico e abriu-o.

Defrontou-se com um homem da sua idade deitado ali, de rosto quadrado e forte, mesmo dormindo. Mas enquanto observava o homem, seus olhos azuis abriram, de início sem foco, olhando para o nada. Depois, confuso e talvez amedrontado, agarrou Cooper com as mãos trêmulas e o abraçou.

Começou a soluçar e a acariciar o rosto de Cooper, como se fosse o rosto da mãe dele. Cooper não se importou com isso, e foi tomado por uma profunda pena daquele homem. Sem conseguir imaginar o que ele estaria sentindo, deu-lhe um abraço bem apertado, como fazia com os filhos quando acordavam de um pesadelo.

— Está tudo bem — o consolou. — Está tudo bem.

— Reze para nunca saber como pode ser bom ver outro rosto.

A voz de Mann estava rouca. Suas mãos sacudiam a caneca enquanto ele dava um gole no chá. Olhava de um rosto para outro, como se cada um deles fosse a coisa mais surpreendente que já tivesse visto.

— Eu já não tinha muita esperança no início — continuou. — Depois de muito tempo, não tinha nenhuma. Meus suprimentos estavam esgotados. Na última vez em que fui dormir, não programei a data para acordar. Vocês literalmente me tiraram da morte.

Cooper sorriu para ele.

— Lázaro — disse.

Mann fez que sim e levantou os olhos.

— E os outros? — perguntou.

— Acho que só sobrou o senhor — Romilly disse.

Mann parecia um pouco atordoado.

— Você quer dizer *até agora*, certo? — Mann indagou, ainda esperançoso.

— Na nossa situação — Cooper explicou — não há muita esperança de salvarmos mais alguém.

Mann sentiu-se como se Cooper tivesse lhe dado um soco. Abaixou os olhos e olhou para seu chá, tomado de tristeza. Eles respeitaram seu momento de silêncio.

— Dr. Mann — Brand disse pouco depois — fale sobre seu mundo.

— Meu mundo — disse, com voz suave. — Sim. *Nosso* mundo, esperamos. Nosso mundo é frio, árido, mas inegavelmente bonito...

— Os dias são de sessenta e sete horas frias — Mann relatou. — As noites são de sessenta e sete horas muito mais frias...

Virou-se e os levou de volta para o abrigo da sua nave de pouso. — A gravidade é muito agradável, oitenta por cento da Terra — disse. — Aqui, onde eu pousei, a "água" é alcalina, e o "ar" tem muita amônia, não dá para respirar mais que uns minutos. Mas na superfície, e existe uma superfície, a amônia dá lugar a hidrocarbonetos cristalinos e um ar respirável. A elementos orgânicos. Possivelmente até à vida. Sim, acho que talvez vivamos nesse mundo.

Brand começou a checar os dados de Mann, e quanto mais lia, mais se entusiasmava. Finalmente tirou os olhos da tela.

— Esses dados são da superfície? — perguntou, como se não parecessem reais.

— Ao longo dos anos, eu enviei várias sondas — Mann confirmou.

— Até que ponto o senhor explorou? — Cooper perguntou.

— Fiz algumas expedições grandes — Mann respondeu. — Mas como o suprimento de oxigênio era limitado, o robô Kipp foi quem fez a maior parte das caminhadas. — Apontou para a máquina que parecia um irmão de Tars e Case, só que estava jogada ali aos pedaços.

— O que aconteceu com ele? — Tars perguntou.

— Degeneração — Mann respondeu. — Ele confundiu os primeiros elementos orgânicos que descobrimos com cristais de amônia. Nós continuamos por algum tempo, mas finalmente eu o aposentei e usei a fonte de energia dele para manter o andamento da missão. — Sacudiu a cabeça com ar triste. — Me senti muito sozinho quando me desfiz de Kipp.

— Quer que eu dê uma olhada nele? — Tars perguntou.

— Não — Mann respondeu. — Ele precisa de um toque humano.

Tars não contestou. Em vez disso, virou-se de repente para Brand.

— Dra. Brand, Case está transmitindo uma mensagem para a senhora da estação de comunicação.

Ela fez que sim, e Tars começou a passar a mensagem na sua tela de dados.

Cooper sentiu uma fisgada no estômago quando o rosto de uma mulher apareceu. Demorou um instante para perceber que era o rosto da filha.

Murph!

Mas ela não estava se dirigindo a *ele*, e sim para a dra. Brand. Pior ainda, estava enviando a notícia da morte do pai dela. Cooper não sabia ao certo qual das duas mulheres parecia mais perturbada, mas parecia ser Murph.

— Ele não sentiu dor, e estava... em paz — ela dizia. — Sinto muito pela sua perda.

— Essa é Murph? — Brand perguntou com uma voz ausente.

Cooper fez que sim, tentando pensar em alguma coisa para dizer enquanto via Murph fazer um movimento para desligar a câmera.

— Ela se tornou uma... — Brand começou a dizer, mas não terminou a frase porque Murph não desligou a câmera. Em vez disso, puxou a mão para trás e olhou para a tela com uma expressão estranha. De raiva súbita e intensa.

— Você sabia, Brand? — perguntou, furiosa. — Ele te disse? Que o plano A era um embuste? Você sabia, não é? E nos deixou aqui. Para morrer. Vocês nunca vão voltar...

Pasmo, Cooper olhou para o rosto de Brand e viu que ela estava chocada. Quis lhe perguntar *a que diabos* Murph estava se referindo, mas não conseguiu achar as palavras certas.

— Você nos deixou aqui para fazer sua colônia — Murph continuou, com lágrimas escorrendo pelo rosto. Cooper olhava para a filha, horrorizado, ao ver que ela lutava para dizer as próximas palavras. E sabia. Sabia o que ela ia perguntar.

De um momento para outro, a raiva de Murph desapareceu, e ela falou bem mais baixo.

— Meu pai sabia? — ela perguntou. — Pai...?

De alguma forma, na impossível distância e através de um tempo estranho e distorcido, olhou dentro dos olhos dele.

— Você me deixou aqui para morrer?

Então a tela finalmente ficou escura, e ele sentiu o corpo todo doer. Sabia que era verdade, que ele devia ter sabido. Devia *sempre* ter sabido.

De repente percebeu que Brand estava olhando fixamente para ele.

— Cooper — disse — meu pai dedicou a vida toda ao plano A. Não tenho ideia do que ela está falando...

— Eu tenho — disse Mann com calma. Cooper virou-se e viu que Mann olhava para eles com ar de compaixão. Mas antes que ele continuasse, Cooper recuperou a voz.

— Ele nunca sequer sonhou em tirar o povo da Terra — percebeu, sentindo-se acabado, como se fosse uma espiga de milho apodrecida pela praga. Sentiu-se esvaziado naquele momento, mas sabia que logo começaria a sofrer.

— Não — Mann confirmou.

— Mas ele ficou quarenta anos tentando resolver a equação da gravidade! — Brand protestou.

Mann chegou mais perto e a olhou com empatia.

— Amelia, seu pai resolveu a equação muito antes mesmo de eu sair da Terra.

— Então por que não a usou? — ela perguntou, com voz torturada.

— A equação não conseguia conciliar relatividade com mecânica quântica — ele respondeu. — É preciso mais.

— Mais o quê? — Cooper perguntou.

— Mais dados. É preciso ver dentro de um buraco negro. E as leis da natureza proíbem uma singularidade nua.

— Isso é verdade? — Cooper perguntou a Romilly. O astrofísico fez um gesto afirmativo.

— Se um buraco negro fosse uma ostra — Romilly explicou — a singularidade seria a pérola dentro. A gravidade é tão forte que ela sempre está escondida na escuridão, por trás do horizonte. Por isso é chamado buraco negro.

— Se pudéssemos olhar além do horizonte... — Cooper falou.

— Algumas coisas não podem ser conhecidas — Mann lhe disse.

Então é isso? Cooper se perguntou. É só isso que temos? Pareceu-lhe uma frase que um cientista jamais diria. Como a raposa na fábula, que não podendo pegar as uvas, declarou que elas deviam estar ainda verdes. Mas quantas vezes na história essa declaração foi feita, e quantas vezes ficou comprovado que estava errada?

O buraco negro estava bem ali.

Tinha de haver um jeito.

Mann virou-se para falar com Brand de novo.

— Seu pai tinha de encontrar outra forma de salvar a raça humana da extinção — disse. — O Plano B. A colônia.

Mas Brand não estava disposta a parar de argumentar. Isso fez Cooper se sentir melhor, pois achou que ela não estava mentindo. Ela não sabia de nada. Não tinha mentido para ele durante todo aquele tempo.

— Mas por que ele não contou para os outros? — Brand perguntou. — Por que continuou a construir aquela maldita estação?

— Seria muito mais difícil todos se juntarem para salvar a espécie em vez de se salvar, não é? — Mann olhou para Cooper com ar compreensivo. — Ou salvar seus filhos.

— Besteira — Cooper disse na bucha.

— *Você* teria vindo se não acreditasse que estava tentando salvar *seus filhos?* — Mann perguntou, com ar desafiador. — A evolução tem ainda de transcender essa barreira simples; nós podemos nos preocupar profundamente, com muito altruísmo, com pessoas que conhecemos, mas nossa empatia raramente se estende àqueles que nunca vimos.

— Mas a mentira, essa monstruosa mentira... — disse Brand baixinho, e ainda incrédula.

— Imperdoável — Mann concordou. — Ele sabia disso. Seu pai estava preparado para destruir a própria humanidade dele para salvar nossa espécie. Ele fez o supremo sacrifício.

— Não — Cooper disse, tomado de fúria diante da ridícula alegação de que o sacrifício da reputação de um homem pudesse sequer chegar perto de algo «supremo». — Não — repetiu com tristeza. — Esse sacrifício está sendo feito pelas pessoas da Terra, que morrerão porque o professor, em sua arrogância, declarou que o caso *delas* era perdido.

Mann olhou para ele, e em outras circunstâncias, sua expressão teria parecido grave. Mas agora parecia condescendente.

— Sinto muito, Cooper. O caso deles é perdido. Nós somos o futuro.

Então tudo desabou para Cooper. Ele viu que devia ter sabido. Tinha ficado tão louco para voltar ao espaço que decidiu acreditar em qualquer maldita coisa que o professor Brand dissesse.

"*Estou te pedindo para confiar em mim*", ele dissera. "*Quando você voltar, terei solucionado o problema da gravidade. Dou minha palavra de honra.*"

Brand pôs a mão no seu ombro, mas ele não se mexeu.

— Cooper. O que eu posso fazer? — ela perguntou.

Ele levou um tempo para responder.

— Me deixe voltar para casa — disse.

TERCEIRA PARTE

VINTE E CINCO

A luz da alvorada filtrava-se pelo céu empoeirado repleto de nuvens escuras enquanto Murph dirigia a caminhonete. A fumaça que vinha dos campos em chamas elevava-se em pilares negros, como oferendas a algum tipo de deus selvagem da Antiguidade.

— Você tem certeza? — perguntou o dr. Getty, sentado no banco do carona.

— A solução estava correta. Ele tinha essa solução há anos — ela respondeu.

— Não serve para nada?

— É *meia* resposta — Murph disse. Viu mais poeira em frente, provavelmente vinda do tráfego da estrada.

— Como se pode descobrir a outra metade? — ele perguntou.

Ela soltou uma mão do volante e apontou para o céu.

— Lá? Um buraco negro. Aqui na Terra? Não tenho certeza se é possível —respondeu.

Estavam perto o bastante agora para ver os caminhões e carros empilhados com roupas e móveis; tudo que aquelas pessoas tinham em casa que coubesse em um carro. Os donos estavam enfiados em qualquer espaço que encontrassem.

— Eles simplesmente fazem as malas e vão embora — Getty falou, num tom surpreso. — O que esperam encontrar?

— Sobrevivência — ela respondeu. Só então notou a parede de poeira, a tempestade negra se aproximando deles como um rolo compressor inabalável. — Droga! — disse, enquanto a tempestade chegava, escurecendo a estrada, obstruindo a visão das lojas vazias e casas abandonadas, apagando tudo diante deles. Dentro da nuvem, era como se estivesse de noite.

Murph parou e desligou o motor. Os dois ficaram parados ali, com a caminhonete balançando ao vento, parecendo que seriam soterrados pela poeira. Ela lembrou-se de outra tempestade; a última que presenciou junto com a família, antes das coordenadas aparecerem no chão do seu quarto. Lembrou-se da concentração do pai, da sua determinação de chegar com eles em casa a salvo.

Lembrou-se também da alegria que sentiu quando ele viu o gráfico, ao chegarem em casa, e o levou a sério. Foi uma vitória para ela.

Mas ele nunca levou suas outras informações a sério.

Seu fantasma.

Os livros.

Como ele pôde ser tão seletivo? Murph pensou. *Por que não quis saber o que tudo aquilo significava, e se concentrou na parte fácil?* Mas ela sabia a resposta; provavelmente sempre soube. Ele só se interessou pelo que queria ouvir: achou que tinha sido escolhido, que era seu *destino* ir para o espaço. Concentrou-se no seu propósito estrito para que as coisas se mantivessem simples, e sua decisão seria simples porque era inevitável.

Ela perguntava-se agora se não fazia o mesmo havia anos. Haveria alguma coisa ali que não tinha percebido? Um valor maior que deixara de ver por causa da sua raiva? Por ter ficado tão magoada com a partida dele? Teria confiado tanto no professor porque precisava sentir que havia alguém digno de confiança na sua vida? Devia ter percebido o que ele estava a fim de fazer, ou melhor, de não fazer, anos atrás. Em vez disso, ficou cega e aceitou a barreira que ele impôs durante décadas. Foco estreito. Manter as coisas simples.

Exatamente como o pai.

Era como no problema da gravidade; tentar fazer a teoria da relatividade engrenar-se com a teoria quântica. Ambas funcionavam bem ao descrever a natureza do universo, cada uma em uma escala diferente; muito grande no caso da relatividade, e muito pequena na teoria quântica. Mas, se examinadas lado a lado, pareciam contraditórias. Na singularidade do interior de um buraco negro, as duas devem se aproximar e se fundir.

No entanto o universo *era*. Ele existia e funcionava. De alguma forma. Então a aparente contradição não estava no mundo físico; era resultado dos dados imperfeitos, uma forma errada de ver as coisas. Equações falhas baseadas em suposições equivocadas.

Seu fantasma escrevia com a gravidade, empurrava livros das prateleiras. Seu fantasma disse ao pai para onde ir, como sair; e depois lhe pediu para ficar. Essa contradição poderia ser reconciliada? Ou um aspecto ou outro daquela equação estava simplesmente errado?

Ela tinha dez anos na época. Talvez desejasse acreditar que fosse código Morse; uma tentativa de interpretar os dados da forma que *queria*. O gráfico no chão, afinal, era binário.

No entanto o Morse era, de certa forma, binário...

— As pessoas não têm direito de saber? — Getty perguntou, interrompendo as considerações de Murph.

Ela tinha pensado nisso, avaliado a mentira. Mas, de certa forma, tinha também começado a aceitar essa mentira. Não a atitude do professor, mas a ilusão que ele mantivera.

— Pânico não adianta nada — ela disse. — Nós temos de continuar a trabalhar, da mesma forma de sempre.

— Isso não foi exatamente o que o professor Brand...?

— Brand desistiu de nós — respondeu laconicamente, com raiva. — Ainda estou tentando solucionar isso.

— Então você tem uma ideia? — ele perguntou.

— Não. Tenho uma sensação.

Sentiu que Getty a olhava enquanto ela observava a poeira lá fora.

— Eu te falei sobre o meu fantasma — disse, depois de o coração bater algumas vezes.

Lembrou-se daquela vez quando tinha dez anos de idade, quando saiu do chuveiro com o cabelo molhado e uma toalha enrolada na cabeça, encontrou o livro no chão e o módulo de pouso quebrado ao lado.

Pôs a mão na janela do carro e ficou vendo a poeira escorrer, procurando gráficos nela. Equações. Código Morse. "*Murph, se você quiser falar sobre ciência, não venha me dizer que está com medo de fantasma. Registre os fatos, analise a situação; apresente conclusões.*"

— Meu pai achava que eu dizia que era um fantasma porque tinha medo dele — disse a Getty. — Mas eu nunca tive medo dele. — Lembrou que contava os livros e riscava linhas para representá-los. Tentava decodificar a mensagem; porque *sabia* que era uma mensagem.

Tirou os olhos da janela e olhou para o dr. Getty de novo. Por que estava contando tudo aquilo? Já tinha falado com ele sobre o fantasma uma vez, mas nunca foi além; para ele, não passava de uma história misteriosa da sua infância. Mas nunca contara a mais ninguém *essa* parte. E agora não parava de falar sobre aquele assunto...

Talvez fosse porque ele não era nem matemático nem astrofísico, e os aspectos de seus campos não coincidiam muito. Ele não saberia quando ela estivesse passando do terreno do aceitável para a terra incógnita da fantasia. Ou talvez ele simplesmente fosse um bom ouvinte. Ou então era porque ele estava ali agora, na sua pequena bolha dentro da poeira, e por algum motivo, Murph achava que tinha urgência de falar sobre tudo aquilo.

— Eu dizia que era um fantasma porque parecia... parecia uma pessoa — continuou. — Tentando me dizer alguma coisa...

A poeira foi diminuindo quando o vento começou a parar.

Foi uma tempestade curta dessa vez, graças a Deus.

Murph ligou o motor.

— Se houver uma resposta aqui na Terra — disse — está lá, de alguma forma. Ninguém virá nos salvar.

Voltou para a estrada e continuou em frente.

— Tenho de descobrir a resposta — disse.

Passou por uma caminhonete comicamente entupida de pertences e passageiros. Mas não havia nada de cômico nas duas crianças no banco de trás, com os rostos e as roupas cobertos de poeira e o olhar perdido no espaço.

— O tempo está se esgotando — Murph falou.

VINTE E SEIS

Cooper pôs os pés no console do Ranger e ficou olhando pelo vidro frontal enquanto Case pousava o módulo, com os retrofoguetes lançando chamas antes de tocar suavemente no gelo. O módulo de pouso não era tão elegante quanto os Rangers; era um pouco mais quadrado, mais para cavalo de arado que cavalo de corrida, mais vistoso que bonito.

Tars estava do lado de fora, na asa do Ranger, fazendo reparos.

— *E os purificadores de oxigênio auxiliares?* — Case perguntou pelo rádio.

— Esses podem ficar — disse Cooper. — Vou dormir na maior parte da viagem — disse, com um sorriso sarcástico. — Já vi tudo quando vim para cá.

Para ele, já estava voltando para casa, mas ainda havia muito a fazer antes de poderem partir. Qualquer coisa que não fosse de suma importância para ele, como os purificadores auxiliares, seria deixada para trás, para Brand, Romilly e Mann usarem na construção do "futuro" da humanidade.

Da mesma forma, muito teria de ser retirado da *Endurance*; coisas óbvias como a bomba populacional com a carga de embriões, e outras coisas de que pudessem precisar. Seria um processo contínuo; a *Endurance* fizera sua última viagem, e enquanto tivesse combustível, a tripulação continuaria a canibalizar peças da nave, até poderem encontrar, extrair e processar os recursos naturais do seu novo lar.

Era mais que justo que Cooper os ajudasse a começar esse processo. Depois de todo o tempo que tinha perdido, mais um ou dois dias não fariam muita diferença.

Olhou para Romilly quando ele atravessou a eclusa de ar e tirou o capacete. Ainda era chocante ver como ele envelhecera. Isso lhe servia como um lembrete do que teria de enfrentar se conseguisse voltar para a Terra.

— Tenho uma sugestão para sua viagem de volta — disse Romilly.

— Qual? — Cooper perguntou.

— Dar uma última olhada no buraco negro.

Por trás de Romilly, Tars entrou na nave.

— O Gargântua é um buraco negro antigo e rotativo — Romilly continuou. — É o que chamamos de singularidade moderada.

— Moderada? — Lembrou-se da força que os atraiu para o mundo de Miller, as ondas de quase três quilômetros de altura, a fina borda do nada que era o horizonte do Gargântua.

— Eles não são exatamente moderados — Romilly explicou — mas a maré gravitacional é rápida o bastante para que uma coisa que cruze o horizonte bem rápido possa sobreviver... uma sonda, digamos.

— O que acontece depois que ela cruzar? — Cooper perguntou.

— Além do horizonte de eventos, tudo é mistério — Romilly disse. — Quem pode dizer que não há um meio da sonda vislumbrar a singularidade e retransmitir os dados quânticos? Se ele for equipado para transmitir várias formas de energia; raios X, luz visível, rádio...

— E quando essa sonda começou a ser chamada de "ele"? — Cooper perguntou.

Romilly de repente ficou sem jeito.

— Tars é o candidato óbvio — disse timidamente. — Eu já expliquei o que ele deve procurar.

— Eu precisaria levar o telescópio velho de Kipp — completou Tars com naturalidade.

Cooper olhou para Tars. Se o plano A tivesse ainda alguma chance de dar certo, não deveriam tentar? Mas a que custo? Certo, Tars era uma máquina, mas era também uma pessoa; de certa forma.

— Você faria isso para nós? — perguntou para a máquina.

— Antes que você comece a ficar com pena de mim, tente lembrar que como robô, eu tenho de fazer qualquer coisa que vocês mandarem, de uma forma ou de outra — ele respondeu.

— Sua luz de sinalização queimou — disse Cooper, quando o LED não acendeu.

— Eu não estou brincando — Tars repetiu.

Só então a luz piscou.

Brand e Mann encontraram-se com ele ao pé da escada.

— O Ranger está quase pronto — disse Cooper. — Case está voltando com outra carga.

— Vou fazer um inventário final — Brand ofereceu.

— Dr. Mann — disse Romilly — preciso que Tars retire e adapte alguns componentes do Kipp.

Mann virou a cabeça e olhou para o robô por um instante.

— Ele não pode mexer nos arquivos de memória do Kipp.

— Eu vou ficar supervisionando — Romilly garantiu.

Mann pareceu relutante, mas enfim fez que sim.

Cooper ouviu a conversa com certa impaciência. Tinha suas próprias preocupações. Achava que não podia partir antes de duas coisas serem resolvidas. Primeiro, e mais importante, era preciso estabelecer a localização da colônia que Brand, Mann e os outros fundariam. Poderia levar essa informação para a Terra, caso *conseguissem* mandar outra expedição. Além disso, ficaria aliviado se visse o lugar, se soubesse concretamente que seus amigos, que a raça humana tinha um novo lar.

— Precisamos escolher um local — Cooper disse para Mann. — Você não vai querer mudar o módulo de posição depois que pousar lá.

— Vou te mostrar os locais das sondas — disse Mann, enquanto uma rajada de vento soprava pela paisagem congelada.

— Essas condições vão se manter? — Cooper perguntou, olhando para o céu.

— As rajadas em geral não duram — disse Mann. — Você tem um transmissor de longo alcance?

Cooper checou a caixa presa na gola do traje espacial.

— Tenho tudo — disse.

Mann apontou para o propulsor na junta do cotovelo da roupa.

— Carregado? — perguntou. Cooper checou de novo e levantou o polegar.

Sem mais hesitação, os dois começaram a caminhar. Depois de um tempo, o módulo passou sobre eles, com Case no comando. Cooper ligou o transmissor de longo alcance.

— Está tomando cuidado, Case? — ele disse.

— Segurança em primeiro lugar, Cooper — Case respondeu.

Cooper e Mann andavam pelo gelo endurecido, com a superfície rangendo por baixo das botas.

Cooper havia mudado de opinião sobre o mundo de Mann quando o conheceu melhor. Não era como lugar algum da Terra. Por onde andavam, as nuvens não eram brancas; eram quase tão escuras quanto carvão, como se fossem cúmulos-nimbos congelados. É claro que ele sabia que essa cor era proveniente de minerais existentes dentro do gelo, e que deveria haver na Terra neves sujas que nem aquelas. Mas em nenhum lugar no seu mundo havia geleiras com configurações tão estranhas, elevando-se céu acima, mergulhando na escuridão azul abaixo, criando formas semelhantes a gigantescos vermes congelados.

Depois de um tempo, chegaram à beira de um precipício de uns quinze metros de profundidade.

— Vá com calma — disse Mann, afastando-se do precipício. Os propulsores que havia nos cotovelos lhe suavizaram a queda; pousou lá embaixo com um leve baque, e não com força. Cooper não se sentia tão seguro quanto Mann, mas o seguiu.

A gravidade mais leve fazia com que tudo parecesse uma espécie de sonho, mesmo com aquela roupa pesada. A aceleração não parecia estar certa, nem o coice dos seus propulsores quando ele os acionou. A evolução ajustara seu cérebro para 9,8 metros por segundo ao quadrado, e não era assim que a física funcionava ali.

Pousou em um maciço cânion de gelo. Bonito, como Mann tinha dito, mas também intimidador. O lugar fazia Cooper se sentir insignificante. Olhando para as paredes esculpidas pelo vento, perguntou-se há quanto tempo aquele gelo estaria ali, que forças outras além do vento as teriam modelado. Como era a superfície que não viam abaixo. Mann disse que havia ar e elementos orgânicos ali, mas naquela superestratificação de nuvens, devia ser escuro, não é? E frio, provavelmente muito mais frio que lá em cima.

Imaginou as crianças do plano B, nascidas naquele mundo escuro e gelado. Romilly e Brand contariam histórias de um lugar mais quente e ensolarado, mas poucas gerações depois essas histórias seriam esquecidas, e todos só conheceriam a noite e o inverno permanentes.

Seria isso que "eles" tinham planejado? Seus misteriosos benfeitores que escreviam coordenadas com gravidade?

De alguma forma, não parecia suficiente.

Talvez ele estivesse errado. Talvez não fosse escuro lá embaixo; talvez o gelo fragmentasse a luz em constantes arco-íris, e as forças geotermais criassem locais aquecidos tão confortáveis quanto qualquer paraíso tropical. Mann parecia ter bastante fé naquele lugar.

Em todo caso, aquilo estava quase fora das suas mãos agora. Ele tinha praticamente se desligado do plano B.

De repente percebeu que Mann estava falando com ele.

— Brand me contou por que você acha que tem de voltar para casa.

Cooper firmou os pés. Estava temendo aquele momento.

— Se essa pequena excursão é para tentar me convencer a mudar de ideia — ele disse — é melhor voltarmos agora.

— Não — Mann lhe garantiu. — Eu compreendo sua posição.

Virou-se e continuou a andar.

Ainda suspeitando um pouco da situação, Cooper foi seguindo-o.

— Você tem vínculos lá — Mann continuou. — Eu não devo pensar assim, mas mesmo sem família, posso garantir que a ânsia de estar com outras pessoas é muito poderosa. Nossos instintos, nossas emoções, estão nos alicerces do que os torna humanos. Não podem ser tratados superficialmente.

Um vento desceu pelo cânion, atingindo em rajadas os cristais de gelo entre eles.

Depois de apresentar Getty a Lois e Coop, Murph subiu a escada e foi até seu antigo quarto. Parte dela tinha certo medo do que pudesse encontrar lá, das lembranças que voltariam à sua cabeça. Mas sabia... *sabia* que era ali que tudo tinha começado, que aquele quarto podia lhe dizer alguma coisa.

Que estava esperando para lhe dizer.

Parou um instante, e finalmente abriu a porta.

— A mamãe deixa eu brincar aqui.

Murph levou um susto ao ver Coop atrás dela. O menino apontou para uma caixa em uma das prateleiras.

— Eu não toquei nas suas coisas — disse, com a seriedade exagerada da criança que não está dizendo a verdade.

Não importava, é claro. Ela não precisava de nada dali, não é? Se precisasse, já teria levado suas coisas muito tempo atrás.

****

Enquanto Amelia via o módulo de pouso descendo, teve uma sensação de fim, uma porta se fechando para sempre; como se estivesse queimando a ponte que ficara para trás. A hora tinha finalmente chegado.

Ia passar o resto da vida ali, cuidando do plano B, criando crianças que nunca conheceriam outra mãe a não ser ela, nenhum pai a não ser Mann e Romilly.

Cooper estava indo embora; e com ele, toda a esperança que Amelia tinha de ver Wolf.

Por que você não me disse? — ela perguntou ao fantasma mudo do pai. *Por que não confiou nem mesmo em mim?* Mas o que teria feito se soubesse? Teria avisado Cooper? Sem ele, nunca teriam chegado até ali. Teria sido capaz de mentir para ele, em nome de um bem maior?

Talvez.

Provavelmente. Mas o pai a impediu, ou poupou, de descobrir se ela era realmente capaz de cometer o mesmo pecado que ele.

Virou-se para se proteger do gelo sendo lançado enquanto o módulo pousava. Não importava, não é? Havia muito a ser feito, mas não muito tempo para tudo. Porém, depois disso... bem, haveria tempo de sobra. E pelo menos não estaria sozinha. Não estava certa se teria forças para enfrentar isso sozinha.

Romilly ficou observando Tars conectar Kipp, inerte, à sua própria energia, pensando no momento em que o robô cruzaria a singularidade do Gargântua.

Percebeu que estava com inveja de Cooper; não por ele estar indo para casa, mas porque seria o primeiro a ver os dados quânticos quando começassem a aparecer; se as coisas de fato dessem certo. Era pouco provável, mas mesmo havendo uma pequena chance, valia a pena. Chance de reviver o plano A, é claro, mas também de *saber*, de ver seja lá o que fosse capaz de conciliar a relatividade com a mecânica quântica, o muito grande com o muito pequeno.... seria fantástico! Valia a pena tudo, pelo menos para ele, depois desses longos anos olhando para o Gargântua sozinho.

Sabendo que o segredo estava ali.

Sabendo que nunca poderia vê-lo.

Kipp mexeu-se, e Romilly tentou voltar a atenção para a tarefa diante dele.

Embora Cooper soubesse que sua roupa o mantinha em uma temperatura confortável, sentiu mais frio quando o vento veio em rajadas intermitentes, jogando a poeira de gelo na roupa deles e desgastando as paredes do cânion. Começou a duvidar da previsão de Mann de que esse vento diminuiria logo.

O cientista mantinha um passo que mal dava para acompanhar, e Cooper percebeu que estava um pouco para trás. Mann notou e esperou por ele.

— Você sabe por que não podíamos mandar robôs para essa missão, Cooper? — Mann perguntou.

— Francamente, não — Cooper falou, arquejando. Fazia tempo que pensava sobre isso. Tars e Case poderiam facilmente ter feito o que Mann, Miller e os outros fizeram. Talvez fossem até mais confiáveis; Tars talvez tivesse sobrevivido à onda que matou Miller, pelo menos por tempo suficiente para colocar uma mensagem no quadro de avisos cósmico que dissesse "Fiquem bem longe daqui!"

Cooper conseguiu chegar perto de Mann, e ele continuou sua marcha.

— Uma viagem para o desconhecido exige improvisação — explicou. — Robôs não podem improvisar bem porque não é possível programar o medo da morte. O instinto de sobrevivência é nossa maior fonte de inspiração.

Parou e se virou para Cooper, e uma vista abrangente do cânion refletiu-se levemente no visor do capacete.

— Veja você. Um pai. Com instinto de sobrevivência que se estende aos seus filhos...

É por isso que estou voltando para casa — disse Cooper. — Com ou sem esperança de voltar.

— E o que as pesquisas dizem que é a última coisa que você vê antes de morrer? — Mann continuou.

Falava como se Cooper soubesse a resposta, mas Cooper não tinha a menor ideia de onde o cientista queria chegar.

O que *era* claro é que a conversa estava seguindo um rumo nitidamente mórbido. Ele não culpava Mann por ter de pôr esses sentimentos para fora depois de tudo que passou; mas será que não podia esperar para falar quando voltasse para o conforto do módulo de pouso?

Aparentemente não, porque quando viu que Cooper não respondia, continuou.

— Seus filhos — completou e parou mais um instante. — No momento da morte, sua cabeça te força um pouco mais a sobreviver. Por eles.

Dito isso, continuou a caminhar.

Ok, Cooper pensou. Talvez Mann tivesse ficado sozinho um pouco *demais*.

Quando Murph desceu as escadas com Coop, viu Getty auscultar com o estetoscópio os pulmões de Lois, com uma expressão soturna. Fez sinal negativo com a cabeça e olhou para ela.

— Eles não podem ficar aqui — concluiu. Mas antes de dizer alguma outra coisa, ouviu-se uma outra voz.

— Murph?

Era Tom, na porta, com ar confuso.

— O que está acontecendo? — perguntou.

VINTE E SETE

Quando Kipp voltou parcialmente à vida, os dados começaram a brilhar na tela. Romilly observou-os; com calma, de início, depois cada vez mais confuso.

Tirou o capacete para ver melhor.

— Não estou compreendendo — murmurou.

O cânion estava diante deles, e Cooper desceu com Mann até uma vasta planície gelada. Sentiu-se um anãozinho ali, como uma mosca em um lençol. O vento tinha criado estrias no gelo, esculpindo-o em baixo relevo, quase como se tivesse sido riscado pelas unhas de alguém.

Na verdade, muitos "alguéns".

De repente, ele imaginou um exército de milhares de fantasmas, criaturas cor de gelo, derrotadas em uma batalha antiga, sendo arrastadas pelos vitoriosos, agarrando-se em vão à superfície com unhas que eram praticamente garras, deixando marcas que permaneceram até a atualidade...

Na Terra, meditou, muitas pessoas explicavam acidentes geográficos com histórias desse tipo; como Paul Bunyan, que teria cavado o Grand Canyon com seu machado. Seria o mesmo ali? Será que as crianças do plano B chamariam aquele lugar de "Planalto Riscado dos Fantasmas" ou coisa parecida?

Provavelmente. As paisagens humanas ganhavam nomes. Mas será que eles voltariam para as explicações sobrenaturais ou se prenderiam à ciência? Será que se perguntariam, assim como ele, se existia chuva? Como o gelo seria substituído depois que o vento o arrancasse dali? Seria substituído? Talvez tudo aquilo tivesse sido formado por algum imenso cataclismo anos atrás, que ninguém jamais presenciara, e estivesse desgastando-se inexoravelmente...

Brand tinha dito que não existiriam esses fenômenos geológicos no mundo de Mann devido ao Gargântua, mas talvez estivesse errada. Podia não haver nenhum impacto de asteroide, mas certamente havia, ou tinha havido, atividade vulcânica. Talvez mais do que o normal, devido a uma estrela morta exercendo atração constante sobre a crosta do planeta.

Acima de tudo, ele se perguntou por que estava pensando em tudo aquilo. Afinal, ele não planejava ficar lá.

— A primeira janela é ali em frente... — Mann disse.

Graças a Deus, Cooper pensou. *Vamos acabar logo com isso.* Mais adiante compreendeu a que Mann se referia; uma abertura no gelo. O cientista foi até a borda do precipício.

— Quando eu saí da Terra, estava totalmente preparado para morrer — Mann disse. — Mas nunca pensei na possibilidade do meu planeta não ser viável. — Seu tom era de remorso. — Nada aconteceu como eu imaginava.

— O professor Brand discordaria — retrucou Cooper, olhando amedrontado para a profundidade da fissura no gelo.

Então percebeu um movimento na sua visão periférica. De início achou que Mann estava levantando a mão para lhe dar um tapa no ombro ou coisa parecida, em sinal de solidariedade.

Mas antes que pudesse reagir, o cientista arrancou o transmissor de longo alcance da sua gola e o jogou fora. Cooper estava se virando para lhe perguntar que diabo de brincadeira era aquela, tão perto de um maldito *penhasco*, quando Mann levantou o cotovelo...

...e o atingiu com o propulsor. O jato de gás fez Cooper perder o equilíbrio e deslizar para trás. Por pouco, não despencou abismo abaixo.

— O que está fazendo? — perguntou, ainda se recusando a aceitar o que realmente estava acontecendo. Devia ser algum tipo de brincadeira... Mas quando Mann o chutou, seu senso de realidade veio à tona.

O cientista estava tentando matá-lo.

Cooper acionou seus jatos para evitar o ataque, e foi caindo pelo penhasco.

Felizmente não foi uma queda direta, pois havia uma série de prateleiras, e ele caiu na primeira delas.

Murph olhou horrorizada quando Tom se postou na frente de Getty. O rosto do irmão foi ficando cada vez mais vermelho.

— Eles não podem ficar aqui, Tom — ela falou.

— Nem mais um dia... — Getty começou a complementar, mas Tom interrompeu a frase com um soco.

Getty caiu feito um saco de batata.

— Tom! — disse Lois, aflita.

Tom olhou com raiva para Murph.

— Coop, pegue as coisas da sua tia; ela não vai mais ficar aqui — disse Tom.

— Tom — Murph disse — o nosso pai não criou você assim.

Então Tom explodiu.

— O nosso pai não nos criou! — gritou. — Quem nos criou foi o vovô, e ele está enterrado lá fora no chão com a nossa mãe. Eu *não* vou abandonar os dois.

— Mas tem de deixar, Tom — ela pediu.

— Eu sou fazendeiro, Murph — o irmão respondeu. — Fazendeiro não desiste da terra.

— Não — Murph gritou também — mas a terra desistiu de você! E está envenenando sua família!

Quando Cooper conseguiu levantar o corpo, Mann estava quase em cima dele.

— Sinto muito — Mann disse — mas não posso deixar você ir embora.

— Por quê? — Cooper perguntou, desesperado.

— Nós vamos precisar da sua nave para continuar a missão, quando os outros perceberem que esse *não é* o lugar certo.

Então Coop acordou; tudo que o deixou com um pé atrás naquele lugar, as observações estranhas de Mann, a informação perfeita demais sobre uma superfície que ninguém tinha visto.

— Você inventou todos aqueles dados? — Cooper perguntou, incrédulo.

— Eu tive muito tempo — ele explicou.

— Sequer existe uma superfície? — Cooper perguntou.

— Sinto dizer que não.

Cooper pressentiu o chute, mas não havia nada que pudesse fazer. Caiu, mas conseguiu prender-se na borda da prateleira de gelo.

— Eu tentei cumprir meu dever, Cooper, mas no dia em que cheguei, deu para ver que esse lugar não tinha nada. Resisti à tentação durante anos; mas sabia que havia uma forma de ser resgatado.

— Seu *covarde* — Cooper rosnou. Levantou o cotovelo e soltou um jato em Mann. Apanhado de surpresa, o cientista caiu estatelado no chão enquanto Cooper escalava a borda. Conseguiu ficar de pé, mas Mann voltou e se jogou nele, e ambos ficaram ali no gelo, agarrados um ao outro, lutando na beira do abismo.

****

— Por favor, venha conosco — Murph pediu ao irmão, enquanto Getty se levantava devagar, com o sangue escorrendo do nariz. Ela nunca tinha visto Tom tão bravo, tão irracional. Tinha que dar algum jeito de acalmá-lo, de fazê-lo ouvir a voz da razão.

— Para viver debaixo da terra, rezando para o nosso pai voltar e salvar todos nós? — Tom falou, com um sorriso de escárnio.

— Ele não vai voltar — Murph disse. — Isso sempre foi impossível. Depende da gente. De mim.

Viu imediatamente que tinha sido um erro dizer isso.

De repente se perguntou se ele estava magoado por ela ter saído de casa e tido uma educação especial. Por ter participado do mundo do pai. Algumas lembranças esparsas lhe vieram à cabeça. Ele fazia comentários de vez em quando, com suas críticas sarcásticas habituais, mas nada de tão sério quanto agora.

— Você vai salvar a raça humana, Murph? — Tom retrucou. — Sério? Como? O nosso pai não conseguiu...

— Ele nem ao menos tentou! — ela gritou. Depois falou mais baixo. — Ele nos abandonou, Tom. — Mas dava para ver que Tom estava intratável.

Coop lhe entregou a caixa com suas coisas. Ele era tão jovem e sério, e parecia confuso.

E doente.

— Tom — Murph implorou. — Se você não vem, deixe que eles...

Tom apontou para a caixa.

— Pegue suas coisas e vá embora — ordenou.

Ela examinou a caixa, aquele objeto que continha coisas de outra vida. E a devolveu para Coop.

— Pode guardar isso — disse. Então foi saindo. Getty saiu com ela, em silêncio, segurando o queixo.

Mann investiu para cima dele como um louco, mas, dessa vez, Cooper conseguiu pular de lado e agarrá-lo, cravando-o no chão.

— Para com isso! — gritou, com o rosto a poucos centímetros do de Mann. Em resposta, o cientista bateu com o vistor no de Cooper, com força, jogando a cabeça dele para trás.

E mais uma vez.

E mais outra.

— O visor... de um de nós... vai quebrar... primeiro! — ia dizendo, entre as cabeçadas.

— Você tem cinquenta por cento de chance de se matar — Cooper gritou. — Para!

De repente, Mann de fato parou. Olhou para Cooper com uma expressão incompreensível. O visor do capacete já estava bem rachado.

E o de Cooper também.

— A maior chance que eu tive em anos — falou, dando mais uma cabeçada. Cooper ouviu o estalo; primeiro sentiu frio, depois sentiu o cheiro acre de amônia queimando seu nariz.

Horrorizado, rolou para longe, tentando cobrir a parte quebrada do capacete com a luva, mas só então percebeu como era grande a rachadura.

Deitado ali, teve a vaga noção de que Mann estava debruçado sobre ele. Sentiu a garganta queimar, e a traqueia tentou fechar, para manter o ar venenoso fora dos pulmões.

— Por favor, não me julgue, Cooper — disse Mann. — Você nunca foi testado como eu fui. Poucos homens foram...

Murph sentiu a garganta apertada enquanto voltava da fazenda para a NASA.

— Você fez o que pôde, Murph — disse Getty. Parecia estar sendo sincero, e ela ficou surpresa de ele ser tão solidário, mesmo com o sangue ainda escorrendo do nariz.

Mas do ponto de vista dela, *não tinha* feito o que podia. Ficou contente, como o pai tinha ficado, de livrar-se da fazenda, do milho e de tudo aquilo, e de deixar o avô e Tom lá. O resultado foi um abismo entre ela e o irmão, um abismo de quilômetros de largura e profundidade, completamente invisível para ela até agora. Foi Tom que tinha permanecido ali e feito o que todos lhe diziam que devia fazer: trabalhando o solo arduamente, vendo o milho morrer, vendo os filhos morrerem.

Ela seguira o exemplo do pai ausente, tentando salvar o mundo em uma caverna com ar condicionado. Também tinha abandonado Tom.

Não era de admirar que Tom tivesse mágoa dela.

Mas eram Lois e o pequeno Coop que iriam pagar o preço pelo erro dela. Um preço que não deviam ter sido forçados a pagar.

VINTE E OITO

Cooper arrastou-se pelo gelo, meio às cegas. Seu rosto estava dormente, e os pulmões queimavam como fogo. Sabia que se não fosse pela pressão positiva do suprimento de oxigênio, provavelmente já estaria inconsciente. O ar tóxico do mundo de Mann era pelo menos ligeiramente diluído.

Mas isso não o ajudaria por muito tempo. A primeira onda escura de pânico tinha terminado, sendo substituída por...

— Você está sentindo, não é? — Mann perguntou. — O instinto de sobrevivência, foi isso que me impulsionou. Esse instinto sempre impulsionou a raça humana, e vai salvá-la agora. *Eu* vou salvar a raça humana. Por todos. Por você, Cooper.

Mann levantou-se e começou a se afastar.

— Sinto muito — disse por trás do ombro. — Não posso ver você passar por isso; achei que podia. Mas continuo aqui. Estou aqui por você.

"Estou aqui por você." Foi a coisa mais terrível que Mann já havia dito. *Ele está mesmo fazendo isso*, Cooper pensou. *Vai mesmo me deixar morrer. E acha que está agindo de boa fé.*

— Cooper — Mann continuou — quando você saiu da Terra, o professor Brand leu um poema para você? Como esse poema termina?

Cooper viu Mann subir pela prateleira, e sabia que não teria força para fazer o mesmo. Ainda que tivesse...

— Não vás tão docilmente nesta noite linda — disse Mann.

É claro que Cooper se lembrava; a voz confortante do professor desejando-lhes boa viagem quando deixaram os grilhões da Terra e seguiram com destino a Saturno, ao buraco de minhoca, às estrelas distantes. Suas palavras tinham sido um guia, um caminho a seguir, uma mensagem de esperança.

Nos lábios de Mann, eram um discurso de louvor.

Mais besteira para fazer com que ele se sinta bem com seu crime.

Todos sempre chamaram Cooper de teimoso, mas ele sempre se considerou realista, e talvez um tanto... persistente. Naquele momento sentiu algo endurecer e se comprimir nele, como carvão sendo pressionado contra um diamante.

Ele sabia, racionalmente, que ia morrer algum dia. Não se sentia exatamente bem com isso, mas era um fato. Um dia, de fato, iria embora naquela "noite linda". Mas não agora, nem docilmente, nem de qualquer outra forma. E não pelas mãos de Mann.

De jeito nenhum.

Não deixaria isso acontecer.

Concentrou-se ao máximo para procurar o que precisava saber, o que precisava ver; e então viu, a alguns palmos de distância.

Seu transmissor de longa distância.

Juntando as forças que lhe restavam, começou a arrastar-se para lá, mesmo com manchas pretas dançando diante dos seus olhos, e com o peito parecendo que estava prestes a explodir.

Clama, clama, contra o apagar da luz que finda.

Mann olhou para Cooper e viu que ele sufocava, com uma tosse torturada tão clara nos seus ouvidos como se estivesse ao seu lado. Perguntou-se se sentiria remorso. Mas concluiu que era ainda muito cedo para dizer. Cooper ainda estava tentando, ainda lutava com esperança de sobreviver. Era a coisa mais magnífica que já tinha presenciado. Desejava que o piloto pudesse compreender de alguma forma por que isso tinha sido necessário.

Virou-se, usou os jatos para subir e olhou mais uma vez para a figura miserável lá embaixo, ainda se arrastando.

— Cooper — disse. — Já está vendo seus filhos?

A única resposta foi mais tosse, e de repente tudo aquilo foi demais para Mann. A morte devia ser muito solitária, mesmo havendo alguém por perto.

Uma onda de terror inesperado passou pelo seu corpo, e ele desligou o rádio, sem conseguir ouvir mais. Cooper ainda se mexia, uma figura pequena, mas pelo menos agora estava silencioso.

Mann virou-se de costas e foi fazer o que devia.

Cooper agarrou o transmissor, mas as luvas estavam deixando difícil reconectá-lo. Tentou mexer mais devagar para ver se conseguia, mas tudo começou a desaparecer, e se não conectasse logo, seria tarde demais.

Mas não conseguia. Não com as luvas.

Então tirou-as. Sentiu o frio de novo; passou pelas mãos, subiu pelos braços e rodeou o coração, mas conseguiu *sentir;* por alguns segundos a sensação lhe deu energia. Mas de repente tudo começou a tremer, seus dedos não ficavam parados...

Nesse momento o transmissor ligou.

— Brand! — disse com voz rouca. — Brand! Socorro! Socorro...

Em outro lugar, em uma planície empoeirada, Murph percebeu o que tinha de fazer. Deu meia volta e acelerou a caminhonete.

***

Brand pulou para a cabine de pilotagem, ouvindo a voz fraca de Cooper ecoar nos seus ouvidos. O que teria acontecido? Cooper parecia estar se asfixiando, e ela não ouviu nada de Mann. Será que o cientista já estava morto?

— Eu dou um jeito nisso — disse Case, ligando os motores.

— Cooper? — disse Amelia. — Cooper, nós estamos indo.

— Sem ar — ele disse com voz chiada. — Amônia.

— Não fale. Respire o mínimo possível; nós estamos indo.

Murph saiu da estrada e atravessou um dos campos de milho de Tom, com Getty ao lado, de olhos arregalados. Ela, ao ver o milho à sua volta, lembrou-se daquele longo dia em que tinham perseguido o drone indiano; o pai, Tom e ela.

Foi a última vez que fizeram alguma coisa juntos. Tom dirigindo, ela mantendo a antena fixa, o pai decifrando a criptografia. Eram um time, uma família.

Apenas um dia depois, tudo aquilo desabou. Agora Tom a considerava uma inimiga.

Bem... ela estava prestes a ser.

Brand tentava prosseguir com cuidado, enquanto Case ziguezagueava que nem louco, às vezes passando de raspão pelas formações de gelo.

Ela sentia o mesmo frio no estômago que sentira enquanto a onda se aproximava deles no mundo de Miller; tinha percebido que tudo que eles sabiam não bastava, e poderia às vezes lhes causar problemas graves. Todos os seus instintos lhe diziam que água rasa era inofensiva e nuvens grandes e fofas não eram motivo de preocupação.

Cada suposição que fizessem seria um desastre esperando para acontecer.

Dessa vez não imaginava como o mundo de Mann os enganara, mas esperava desesperadamente que Case soubesse o que estava fazendo, aonde estava indo, pois Cooper não resistiria por muito tempo.

Na base de Mann, Romilly ainda tentava compreender o que estava vendo, mas não chegava a lugar algum. Sentiu uma frustração igual à que sentira na *Endurance*; passou vários anos solitários com os dados, falando sozinho, na iminência de enlouquecer; e às vezes, talvez até se sentisse um pouco além da iminência.

Lembrou-se que Mann lhe dissera para não mexer nos arquivos de Kipp, uma tácita indicação de que não era preciso se preocupar com eles. Mas aquilo... aquilo era intolerável. Por que Mann teria lhe dito para não fazer aquilo, afinal? Será que ele tinha dados pessoais armazenados ali? Será que Kipp tinha presenciado e registrado atitudes meio loucas dele? Romilly entenderia isso. Ele próprio passara por essa situação. Mas o fato era que havia algumas contradições fundamentais que só poderiam ser esclarecidas com o escaneamento dos arquivos.

Mann provavelmente nunca saberia, e se soubesse... era muito mais fácil pedir desculpa do que permissão.

— Esses dados não fazem sentido — disse para Tars. — Acesse o arquivo.

Isso basta, Murph calculou.

Pulou da caminhonete, pegou o botijão de gasolina guardado na caçamba e começou a encharcar o milho. Lembrou-se que quando era pequena andava pelos campos completamente coberta pelo milharal, como se fosse seu labirinto secreto. Gostava do milho naquela época; do cheiro das folhas, do pólen amarelo quando criava pendões, das espigas que surgiam quase que num passe de mágica debaixo desses tufos, aumentando a cada dia. Do gosto doce do milho verde no leite, antes de começar a endurecer.

Era um verdadeiro luxo o milho verde; um desperdício do potencial completo do milho para alimentar toda a humanidade, mas um prato muito gostoso para as crianças. Para ela, seria sempre o gosto do verão e da sua juventude. A ideia de queimar o milho parecia errada, até mesmo um sacrilégio.

Ainda pensava nisso quando ateou fogo ao milharal.

Cooper rolou de costas, desajeitado, com os olhos fixos no céu, mas sem ver nada.

Você já está vendo seus filhos?

Ele viu. Viu Tom sorrindo ao dirigir o caminhão pela primeira vez, e rindo, quando era pequeno e Donald o girava em círculos no ar em frente da casa, quando ainda restavam uns pedaços de grama. Antes da poeira tomar conta de tudo. Tom segurando Jesse, um bebê bem embrulhadinho, o neto que ele nunca conheceria; *não podia* conhecer, pois já tinha morrido quando Cooper soube da sua existência.

E viu Murph, uma coisinha pequena e enrugada nos braços da mãe, com um único cacho de cabelo vermelho na cabeça pelada. Murph na caminhonete, fingindo que estava no módulo lunar Apollo, onde a alavanca de mudanças era o comando de direcionamento ou de impulsão, dependendo do que quisesse simular em seu voo imaginário.

Murph mais tarde, mudando as marchas para que ele pudesse beber café.

E Murph no seu quarto, olhando para o relógio que ele lhe dera. Viu quando ela o jogou no chão, e viu seu rosto coberto de lágrimas.

Murph, pensou, enquanto tudo ficava embaçado. *Desculpe.*

Murph ficou observando o fogo saltar pelo milharal, de um pé para o outro, uma criatura viva, cheia de alegria de vida, tão faminta quanto um bebê recém-nascido. Sua repulsa pelo que tinha feito foi se esvaindo rapidamente; era o milho que estava mantendo Tom ali, matando o pequeno Coop. Se queimar o milho, dar vida ao fogo, significasse uma nova vida para Coop e Lois, então aquilo realmente valia a pena. Tom veria a fumaça. E viria. Ela não queria estar ali quando ele chegasse.

Voltou para a caminhonete e caiu fora.

Tom saberia logo quem tinha feito aquilo. Mas então ela já estaria longe, e Lois e Coop estariam com ela.

Brand viu as nuvens passarem, dando lugar à visão da imensa planície branca que havia abaixo; não avistavam nada diferente na paisagem, exceto por uma coisa que parecia uma bonequinha quebrada, na borda de um buraco profundo e azul.

— Estou vendo Cooper — disse para Case.

Cooper sentiu uma pancada forte no gelo, e a princípio pensou que não fosse nada, que era apenas a última sensação antes de morrer. Mas, com esforço, abriu os olhos e, pelo gelo fustigado pelo vento e suas próprias lágrimas congeladas, viu o módulo de pouso e alguém descendo dele, acionando os jatos do cotovelo.

Mann voltou para acabar comigo, pensou, tentando juntar forças para se arrastar de novo. Mas foi tudo em vão; seus braços e pernas pareciam feitas de chumbo.

Um instante depois alguém tirou seu capacete inútil, e ele viu o rosto de Brand pelo visor dela. Brand colocou alguma coisa no nariz de Cooper, e de repente ele sentiu o ar; um ar doce, viciado, enlatado. Era tudo que ele queria, respirar. Ela sabia disso.

Tars parecia não estar tendo muita sorte com Kipp. Voltou-se para Romilly:

— Só humanos podem destravar o banco de memória dele. — Saiu um pouco de lado, para Romilly chegar perto da tela de dados e começar o procedimento. Nesse momento Romilly ouviu uma voz; fraca, distante, gritando para ele. Olhou em volta e percebeu que vinha do seu capacete.

Quando foi pegá-lo, Kipp se mexeu.

Levantou o capacete, e a voz ficou mais clara. Identificável.

— Brand? — perguntou. A voz dela tinha um tom de urgência.

Mas Romilly não chegou a ouvir o resto.

VINTE E NOVE

Mann lutava para atravessar o gelo, tentando gravar na cabeça sua história. Ele teria de perder seu próprio transmissor de longo alcance e dizer que Cooper o deixara cair acidentalmente quando ele tentou salvá-lo.

Devia ter deixado cair no buraco, percebeu, mas não ia voltar lá agora.

Primeiro sentiu o gelo tremer, depois o barulho e o choque, e as partículas congeladas voando com a explosão. De início achou que havia ocorrido alguma mudança aleatória nas massas congeladas e que o gelo se partira, mas então viu a fumaça preta vinda do alto de um morro próximo.

Seu morro. Onde ficara no exílio por tanto tempo.

Onde Kipp estava.

Sentiu uma onda de terror. Estava tudo ficando fora de controle.

— Que droga, Romilly — sussurrou. Ele tinha lhe avisado, não é? A culpa não foi sua.

Ligou de novo o rádio e ouviu a voz de Brand.

— Vamos, Cooper — ela dizia. — Só mais uns passos...

Que droga, pensou. Sabia que teria de dar um jeito em Cooper, mas queria ter os outros como companheiros na missão. Queria *desesperadamente.* Não queria ficar sozinho de novo. Isso é que acabara com ele, a solidão. Se havia alguma coisa que era intolerável, era a possibilidade de ficar sozinho de novo.

Mas agora não tinha escolha. Não podia consertar as coisas com Cooper. Romilly certamente estava morto, e também o culpariam por isso.

— Brand...

— Ainda assim, conseguia se conformar com o fato de que dessa vez não seria para sempre. Havia o mundo de Edwards e o plano B. Ele não estaria sozinho pelo resto da vida. Wolf poderia ainda estar vivo, e não havia necessidade de saber nada sobre essa... situação desagradável. E se tivesse sobrevivido ou não, ainda haveria as crianças. Ele podia ficar isolado de novo, desde que soubesse que não seria para sempre.

E talvez, depois que tivesse alguma influência sobre Brand, pudesse salvá-la. De alguma forma. Ninguém era mais importante naquela missão do que ela. Diante da possibilidade de a missão dar certo, talvez ela fosse forçada a ver as realidades.

Mas antes que ele pudesse apelar para o senso racional dela, o senso do objetivo, precisava ter o controle da situação. Precisava dar as cartas.

Encaminhou-se depressa para o Ranger.

— Brand, sinto muito — Cooper falou com dificuldade, assim que tirou o respirador do rosto. — Mann mentiu.

Enquanto ele falava, um olhar de compreensão passou pelo rosto dela.

— Ah, não — ela disse, temerosa.

***

Quando Murph entrou na casa da fazenda, às pressas, a caminhonete de Tom não estava mais lá.

Era de acordo com o que ela tinha planejado; ele estaria combatendo o fogo que ela ateara, para tentar salvar a plantação.

— Fique vigiando — disse para Getty, quando abriu a porta do carro. E saiu correndo para a porta da frente.

— Lois! — gritou, quando chegou na varanda.

— Houve uma explosão — Case informou a eles, enquanto o módulo subia e girava entre nuvens de vapor e gelo.

— Onde? — Brand perguntou.

— Na base do dr. Mann — ele respondeu, enquanto ganhavam altura.

Romilly, Cooper pensou. *Tars*. Tars estava junto.

O que Mann tinha feito com eles?

Mann afivelou-se no Ranger, deu uma checada rápida nos sistemas e ligou os motores. Quando a nave subiu, sentiu uma alegria súbita e inesperada.

Aquele planeta fora sua prisão, e durante a maior parte do tempo, acreditou que seria seu túmulo. O planeta o levou a fazer coisas que nunca se imaginou capaz de fazer, e só agora se permitia compreender o quanto odiava aquilo, o poder que tinha sobre ele. Era como um espelho à sua frente, um espelho que refletia não seu rosto, mas sua alma, e ele não gostava do que via.

Porém, aceitar o lado sombrio do seu caráter era melhor que morrer ali. Ele poderia viver com tudo que tinha feito e tudo que ia fazer, desde que não tivesse de voltar para lá. Para aquele planeta.

E não voltou. Estava tudo terminado agora. Apesar das chances desfavoráveis, havia escapado. A morte podia encontrá-lo em qualquer lugar, mas não naquele túmulo gelado.

Era uma boa sensação. Como que um novo começo.

Mas ele tinha de chegar na *Endurance* antes dos outros.

Não havia nada na base de Mann, a não ser rolos de fumaça preta, e Cooper viu logo que Romilly estava morto. A história de Mann sobre Kipp era uma farsa; Kipp tinha dados armazenados que provavam que o planeta era inabitável, e por isso Mann o desligara. Decerto também montou uma armadilha no robô, caso alguém começasse a espionar.

Mann era protegido do professor Brand; um mentiroso em essência. Mas o professor alegou que suas mentiras eram necessárias para salvar a raça humana; pelo menos aos seus olhos. Mann havia mentido só para salvar sua pele. Cooper lembrou que ele comentara que o professor se tornara um monstro, tinha feito o "supremo sacrifício" para dizer ao mundo o que precisava ser dito.

Será que Mann estava falando de si próprio? Seria assim que justificava tudo na sua cabeça doente?

Romilly provavelmente não sentiu nada, Cooper pensou. *Graças a Deus.*

Ele e Brand ficaram vendo as chamas, ambos desesperados demais para falar.

De repente uma coisa saiu de toda aquela fumaça. Por um instante horrível ele pensou que fosse Romilly, com o corpo em brasa, até perceberem que era uma máquina meio quadrada.

Tars.

Case girou o módulo e abriu a eclusa de ar. Tars pulou para dentro com um baque surdo. Então Case direcionou o módulo para o céu. Cooper sabia que só uma coisa importava agora.

Quem chegaria primeiro na *Endurance.*

— Você detectou o Ranger? — perguntou a Case.

— Ele está entrando em órbita — o robô respondeu.

— Se ele assumir o comando da nave, a gente já era — disse Cooper.

— Ele nos abandonaria? — Brand perguntou. Parecia estar com dificuldade de acreditar no recente comportamento do melhor e mais brilhante cientista da NASA.

Cooper lembrou-se da conversa que haviam tido antes de ela entrar em hibernação. Parecia que fazia muito tempo.

Cientistas, exploradores — ela dissera. — É disso que eu gosto. Lá fora estamos sujeitos a grandes perigos. À morte. Mas não ao mal.

Como se por alguma razão os exploradores e cientistas fossem incapazes de praticar o mal. *Cortez? Ou Haber, o sujeito que inventou a guerra química?*

Então é só o que trazemos dentro de nós — ele tinha dito. Bem, tinham trazido mesmo.

Os sinais estavam por toda parte. Que pena ele não ter levado seu próprio comentário tão a sério. Se tivesse usado seu bom senso e uma certa dose de suspeita, Romilly ainda estaria vivo. E não estariam correndo contra todas as esperanças.

— Ele *está* nos abandonando — disse Cooper.

Lois amava Tom, mas já tinha perdido um filho e sabia que o outro filho, Coop, estava doente e só iria piorar. Portanto, não teve dificuldade para convencê-la do que seria melhor fazer. Muito nervosa, esperava enquanto Lois pegava umas coisas para ela e para o menino.

Murph olhou para a escada.

Será que um dia voltaria ali? Não parecia provável, o que quer que acontecesse. Nem tinha certeza se gostaria de voltar. Lembrou-se de tempos felizes que passara naquele lugar com o pai e o irmão, com o avô e, nas lembranças mais afetuosas e longínquas, com a mãe.

A fachada da casa teve sempre um ar gasto, velho, com a pintura e a madeira marcadas por anos implacáveis de vento e poeira. Lembrou-se do avô; duas vezes por dia varrendo a varanda, tentando se livrar de toda aquela poeira. E funcionava; a casa era segura. Era um lar.

Mas agora parecia oca. Talvez isso tivesse começado na noite em que ela deixou a janela aberta, convidando a poeira a entrar. Depois de alguns dias, o pai tinha ido embora, e nada foi mais como antes.

Sem o pai e sem o avô ali, a casa parecia alguém que ela conhecera bem, mas que estava agora no último estágio de Alzheimer. Uma caixa que parecia familiar, mas não era, e nunca mais seria.

Porém havia ainda uma coisa que ela precisava fazer. Uma última coisa.

Sem realmente pensar, deixou seus pés a levarem pela escada e entrarem no seu antigo quarto. Ouviu Lois e Coop, já do lado de fora, com Getty, esperando, e sabia que se Tom voltasse agora, o plano todo seria destruído.

Mas alguma coisa, alguma coisa lhe dizia que ela precisava estar ali agora; e não só por Lois e Coop.

— Vamos, Murph! — ouviu Getty gritar. Mas seu impulso era como a gravidade.

Ela tinha de ir.

Enquanto o módulo irrompia em direção à noite eterna do espaço, Cooper aproximou-se de Case. Sua garganta e nariz ainda ardiam; ele sabia que o estrago podia ser fatal. Os pulmões podiam estar prestes a sofrer uma hemorragia ou algo assim, e seria seu fim. Mas por enquanto estava vivo e conseguindo se mexer, então não adiantava pensar no pior.

Tudo que importava era deter Mann.

Ele ligou o rádio transmissor.

— Dr. Mann? Dr. Mann, por favor, responda.

Não houve resposta. De certa forma, ficou surpreso. Mann parecia gostar muito de se ouvir falar, e estava quase psicoticamente desesperado para se justificar. Para Cooper, ele devia estar achando que não era mais necessário fazer belos discursos. Estava concentrado em chegar na *Endurance.*

Isso era provavelmente uma má notícia; significava que Mann já os considerava eliminados e estava muito à frente para que eles o alcançassem.

— Ele não conhece o procedimento de acoplagem — disse Case.

— Mas o piloto automático conhece — Cooper falou, pensando na péssima situação em que estavam. Simplesmente não havia como chegar na *Endurance* antes dele...

— Tars desativou o piloto automático — Case informou.

Cooper olhou para a eclusa de ar e para o robô chamuscado que ali estava. E sentiu um novo respeito por aquela máquina.

— Ótimo — disse. — Quanto é o seu ajuste de confiança?

— Mais baixo que o seu, aparentemente — Tars respondeu.

— *Dr. Mann?* — disse Cooper de novo. Mann ignorou-o. Por que responderia? Em vez disso, examinou o painel de navegação.

— *Dr. Mann, se o senhor tentar fazer a acoplagem...*

Mann desligou o receptor. Não podia se distrair nem um pouco. Não agora, que estava tão perto.

***

Murph olhou em volta no seu antigo quarto, o quarto que pertencera à mãe. As estantes que tinham falado com ela. Será que falariam de novo? Será que seu fantasma ainda estava ali?

Esperou, mas os livros continuaram no lugar deles.

Murph viu a caixa com suas coisas. Com cuidado, como se tivesse medo de encontrar uma cobra ali, olhou lá dentro.

TRINTA

Mann respirou aliviado enquanto se aproximava da *Endurance.* Segundos seus instrumentos, tinha uma vantagem significativa sobre o módulo de pouso, o que lhe dava muito tempo para assegurar sua posição. Chegou mais perto da nave maior e ligou o piloto automático, para poder terminar o complicado processo de acoplagem.

— Sequência de autoacoplagem bloqueada — disse o computador.

Mann piscou em frente à tela. Por que cargas d´água a sequência de acoplagem estaria bloqueada?

— Ignore o bloqueio — disse para a máquina.

— Ação não autorizada — o computador respondeu.

Bem, isso seria um problema. Ele não conhecia a sequência; não tinha sido treinado para isso. Mas com o Ranger vindo atrás dele, parecia não haver escolha.

Teria de fazer a acoplagem manualmente.

Enquanto entravam em órbita, Cooper viu que Mann estava posicionado para acoplar, mas isso não era tão fácil quanto parecia. A nave anular não estava rotacionando, mas ainda se movimentava em órbita, e Mann tinha que equalizar isso. Conseguir equalizar a velocidade não era o problema, mas isso tinha de ser feito de forma exata.

Cooper tentou se comunicar pelo transmissor de novo.

— Dr. Mann, *não* tente fazer a acoplagem — ele disse. — Dr. Mann?

A única resposta que teve foi a estática.

Mann sabia que não conseguiria deixar a órbita mais sincronizada do que aquilo, então largou os controles e foi depressa para a eclusa de ar, que se alinhava rapidamente a uma escotilha da *Endurance.* Começou a atuar nos atracadores mecânicos, a fim de prender a outra nave e manter as duas eclusas de ar alinhadas para poderem ser acopladas.

Estava funcionando. As naves tinham se juntado. Quando começou a suspirar aliviado, o computador falou de novo.

— Contato imperfeito — disse. — Escotilha bloqueada.

Mann parou e ficou pensando furiosamente.

Quão perfeito o contato precisa ser?, perguntou-se. *As naves só precisam ficar juntas por uns segundos.* Era o tempo de que precisava para atravessar. Depois podia selar a passagem pelo outro lado. Se tivesse de soltar o Ranger... Bem, havia um sobressalente, e também outro módulo de pouso. Talvez houvesse alguma perda de ar no processo, claro, mas ainda sobraria muito, e ele seria a única pessoa a bordo.

Precisava passar para a *Endurance agora.* A vantagem que tinha conquistado em relação aos outros diminuía rapidamente.

— Desbloquear — comandou.

— Bloqueio da escotilha desativado — o computador informou.

Graças a Deus. Já começava a pensar que estava perdido.

Foi flutuando na direção dos controles da eclusa de ar.

***

Tão perto...

Cooper ficou olhando para as duas naves encaixadas.

Parece que o filho da puta conseguiu, pensou.

— Ele está engatado? — perguntou, sabendo que Case recebia dados de telemetria da *Endurance.*

— De forma imperfeita — Case respondeu.

Cooper agarrou o transmissor.

— Dr. Mann — gritou desesperado. — Dr. Mann! Não abra a escotilha; eu repito, *não* abra a escotilha! Se o senhor...

Mann olhou para os atracadores. Estavam abrindo e fechando, tentando completar a selagem, mas ele sabia que não tinha tempo para conseguir isso com perfeição. O módulo de pouso estava quase lá, e se ele perdesse o engate parcial que conseguira, o módulo poderia escapar, e teria de começar tudo de novo, o que seria um desastre. Cooper sem dúvida conhecia a sequência de acoplagem e tinha os dois robôs à sua disposição. Ele acoplaria facilmente, depois teria tudo sob controle.

Mas isso *não* iria acontecer.

— O que pode acontecer se ele abrir a escotilha? — Cooper perguntou a Case.

— Não será nada bom — Case respondeu.

Ele pensou na situação. Será que Mann ia mesmo fazer aquilo?

Merda, é claro que ele vai, Cooper sabia. Mann não era realmente um piloto; Kipp é que cuidava dessa parte. Qualquer treinamento de voo que o cientista tivesse feito, não teria lhe ensinado como fazer uma acoplagem manual. Não haveria necessidade de tal habilidade em momento algum da missão Lázaro.

No treinamento de Cooper, por outro lado, já haviam lhe dito várias e várias vezes que nunca, *em hipótese alguma*, as trancas podiam ser abertas sem uma selagem perfeita. Quaisquer que fossem os méritos de Mann, ele era, assim como os outros, um teórico. Se pensasse na física por trás de abrir a escotilha, provavelmente não se arriscaria; mas não estava pensando nisso agora. Sua única meta era entrar a bordo da *Endurance*, e depressa.

— Recuar! — Cooper comandou.

Case acionou os propulsores, e a *Endurance* começou a diminuir no seu campo de visão.

Então fez-se silêncio. Cooper percebeu que mal respirava.

— Case — disse Brand, voltando a agir. — Envie minha transmissão para o computador de bordo dele, como um sinal de emergência.

Finalmente, Cooper pensou. Brand se recuperara. Que bom, pois precisava dela.

— Dr. Mann — disse Brand. — Não abra a es...

Mann estava procurando a alavanca para abrir a escotilha interna quando a voz de Brand soou de repente no computador.

— *Repetindo* — disse. — *Não abra a escotilha interna!*

Mann levou um susto e então foi ligar o transmissor.

— Brand, não sei o que Cooper te disse, mas vou assumir o controle da *Endurance*; depois nós falaremos sobre o resto da missão. Não se trata da sua sobrevivência, nem da de Cooper, mas da humanidade.

Voltou para onde estava e puxou a alavanca.

TRINTA E UM

Como tudo ocorreu em silêncio, é claro, e à distância, pareceu irreal para Cooper. Era como se estivesse vendo um dos seus modelos de nave espacial suspenso em uma linha de pescar em frente a um céu estrelado.

Primeiro viu o brilho da chama, e depois, uma nuvem surgindo do lugar onde as duas naves se ligavam, seguida de um jato constante de vapor branco. Soube logo que era o ar sendo liberado das duas Rangers e da *Endurance*, cristalizando-se quase que instantaneamente no vácuo do espaço.

A perda de ar era um problema, mas a consequência era desastrosa. O ar de ambas as naves era pressurizado a mais ou menos 0,82 atmosferas, portanto, estava sendo expelido com velocidade suficiente para agir como um propulsor direcional. Enquanto Cooper observava a cena, horrorizado, o ângulo da corrente de ar começou a girar a *Endurance*; lentamente, de início, mas aumentando a velocidade, como uma roda de fogos de artifício na comemoração do 4 de julho. Viu as eclusas de ar parcialmente ligadas se retorcerem e despedaçarem, e o Ranger desgarrar-se e se despedaçar, destruindo nesse processo um dos módulos da *Endurance*. Com isso, soltou mais ar para congelar no vácuo, adicionando ainda mais empuxo ao giro da nave.

Enquanto a nave girava, a mão fantasmagórica da gravidade planetária assumiu o controle, e a grande nave começou a cair lentamente na direção do planeta congelado abaixo.

— Meu Deus — disse Brand.

Cooper assumiu os controles e acionou os propulsores. Mergulhou por baixo da nave danificada, esquivando-se dos destroços do Ranger.

— Cooper — disse Case — não adianta usar nosso combustível para...

— Apenas analise o giro da *Endurance* — ele disse, cortando Case.

— O que você está fazendo? — Brand perguntou.

— Acoplando — Cooper respondeu.

Imprimiu mais empuxo aos propulsores, tentando igualar-se à rotação da nave maior.

— Rotação da *Endurance*, sessenta e sete, sessenta e oito rotações por minuto — Case informou.

Prepare-se para equalização de rotação utilizando os retrofoguetes — disse Cooper.

— Não é possível — Case reagiu.

— Não — Cooper disse com ar soturno. — É *necessário*.

Notou que a *Endurance* estava soltando pedaços, lançando-os no vazio.

— A *Endurance* está entrando na atmosfera — Case disse.

— Ela não tem escudo de calor! — disse Brand.

Cooper manobrou por baixo da roda giratória, a poucos palmos da nave. A eclusa de ar estava ali, e considerando a queda da *Endurance*, o módulo de pouso estava mais ou menos imóvel.

Mas não se encontravam nem a meio caminho de onde precisavam estar. O ponto de acoplagem girava a uma velocidade incrível. Velocidade que teriam de igualar.

— Case, você está pronto? — perguntou.

— Pronto — Case respondeu.

Cooper olhou de novo para a *Endurance* e sentiu uma ponta de dúvida. Talvez Case tivesse razão. Ainda tinham o módulo de pouso. Com ele, talvez conseguissem voltar para casa. Provavelmente não, mas quem sabe? Mas se essa manobra falhasse, estaria tudo terminado. Todos morreriam.

— Cooper — Case disse — agora não é hora de ter cuidado.

Cooper sentiu um sorriso no rosto dele.

Certo.

— Se eu apagar, assuma o comando. Tars, prepare-se para começar o mecanismo de acoplagem. Brand, segure-se bem.

— A *Endurance* está começando a esquentar... — disse Case.

— Acionar! — Cooper mandou.

Sentiu os retrofoguetes atuarem, e o módulo começou a girar, ganhando velocidade rapidamente à medida que as duas naves desciam desenfreadas em direção ao gelo abaixo delas. As forças da gravidade aumentaram também, empurrando-os contra os cintos, tentando esmagá-los. Cooper sentiu o sangue lhe descer da cabeça, e lutou para permanecer consciente.

Não estavam mais em queda totalmente livre. A atmosfera os empurrava para trás, com força, balançando a pequena nave. O planeta de Mann parecia estar por toda parte, e a curva do horizonte se retificava rapidamente.

Cooper viu Tars abrir a eclusa de ar. A *Endurance* ainda girava em relação a eles, porém lentamente, enquanto ficavam cada vez mais perto de equalizar as rotações por minuto. Depois de vários momentos de desespero, eles se alinharam, e Tars ativou os atracadores, mas eles se depararam com uma bolsa de ar, então as escotilhas se desalinharam e os atracadores não agarraram.

Quando Cooper olhou em volta, viu que Brand tinha desmaiado, e percebeu que o mesmo aconteceria com ele em breve. Concentrou-se nos seus instrumentos em vez de ficar vendo o giro desenfreado do planeta de Mann, que ficava aparecendo e desaparecendo de vista. Tentou aguentar.

— Vamos, Tars. Vamos...

Ouviu os atracadores atuarem de novo, e a nave de repente deu uma guinada violenta.

— Conseguimos! — disse Tars.

Imediatamente Case reverteu a direção do empuxo, e a rotação começou a diminuir.

— D-Devagar, Case — Cooper murmurou, quase sem sentidos.

O planeta de Mann começou a girar menos, aparecendo apenas uma vez a cada intervalo de alguns segundos, até que finalmente eles mal giravam.

— Prepare-se para nos fazer subir — disse Cooper.

Mas talvez já fosse tarde demais. Eles continuavam caindo, e a *Endurance* começava a queimar gravemente; peças se derretiam e se soltavam dela, tornando-se meteoritos a riscar a atmosfera.

Cooper aliviou ligeiramente os propulsores principais, com medo de quebrar a nave.

— Vamos — ele disse. — Você consegue...

O poderoso motor começou a abrandar a queda, mas estavam perto demais, muito abaixo da atmosfera...

Os momentos se estenderam, como se estivessem de novo sendo atraídos pelo buraco negro; como se estivessem passando horas ou dias, e não apenas alguns segundos cruciais. Cooper sentiu a queda reduzir-se quase glacialmente, depois parar.

Então, finalmente, com muita dificuldade, começaram a se afastar do campo gravitacional do planeta de Mann. A linha do horizonte começou a se afastar deles. Só então Cooper ousou respirar, puxou as alavancas e se permitiu um momento silencioso de triunfo.

Brand se mexeu. Cooper virou-se para Case e deu um sorriso para ele.

— Certo — disse. — E agora para nosso próximo truque...

— Terá de ser bom — Case informou. — Nós estamos sendo atraídos para o Gargântua.

Droga! Cooper pensou. Há dias em que as coisas simplesmente não funcionam. Ele se desafivelou.

— Assuma o comando — disse a Case.

No interior da *Endurance*, a bagunça era total. Todas as coisas que podiam se soltar estavam soltas, assim como outras que supostamente não deveriam estar. Sem gravidade, os fragmentos voavam alucinadamente, quicavam por todo lado pelos jatos de vapor e de ar vindos das rupturas do casco da nave e dos sistemas de circulação de fluidos.

Case e Tars encarregaram-se dos danos mais graves, enquanto Cooper e Brand faziam o inventário do resto da nave.

Ao que Cooper soubesse, a bomba populacional ainda estava intacta e funcionando. Brand faria uma análise mais precisa depois. Ele, pessoalmente, constatou que detestava olhar para aquilo. Podia significar vida para a raça humana, mas representava a morte de seus filhos. Na verdade, era mais que isso. A raça humana era mais que uma coleção de organismos biológicos solitários. Era o resultado final de um milhão de anos de existência como espécie; um milhão de anos de histórias, mitos, relacionamentos, ideias importantes e outras sem sentido, poesia, filosofia, engenharia; ciência.

O ser humano herdava dos pais, dos irmãos, da família, da comunidade, da cidade, da cultura, da civilização. Os humanos não eram apenas objetos biológicos antes de se tornarem humanos.

É claro que ele e Brand poderiam trazer à vida alguns milhares de seres biologicamente humanos com aquela coisa, mas será que os dois poderiam mesmo substituir a imensa trama de herança, afiliação; amor? Seria isso realmente salvar a raça humana? Salvar uma única semente de uma floresta antes que ela fosse destruída por um incêndio não significava que a floresta fora salva. Não seria possível reproduzir seu ecossistema complexo e único. Descongelar embriões humanos não "salvaria" a raça humana.

A raça humana da forma que ele conhecia morreria. Qualquer coisa que saísse daquela máquina seria uma coisa diferente. Talvez melhor, talvez pior; mas não a mesma.

Case chamou a atenção dele.

— Nós estamos indo na direção do Gargântua — o robô informou. — Devo ativar os motores principais?

— Não! — disse Cooper em tom firme. — Deixe a nave se aproximar o máximo que puder. — Ele já vinha pensando nisso. Só podia ter certeza quando tivesse uma noção bem precisa da condição deles, mas já sabia que lutar contra o Gargântua não os levaria a lugar algum.

Foi para junto de Tars, que estava soldando uma parede.

— Deixe que eu faço isso — falou.

— Eu tenho más notícias e boas notícias — Tars começou a dizer.

— Eu já ouvi isso antes, Tars. Fale tudo de uma vez.

Amelia sentiu um arrepio quando Cooper entrou. Parecia que estavam presos em um ciclo de desastres, um após o outro. Qualquer notícia que ele desse, provavelmente seria algo nada bom.

Tentava manter-se ocupada com os detalhes das suas obrigações; basicamente certificar-se de que ainda poderiam implementar o plano B. A bomba populacional sofreu danos, e Amelia teve de inspecionar o sistema criogênico; para isso, precisou de uma pequena ajuda de Case. Era uma improvisação que exigia canibalizar peças do leito criogênico de Romilly, mas afinal de contas, ele não precisaria mais disso. Depois de pousarem no próximo planeta, Amelia poderia usar algumas peças da *Endurance* que ainda fossem necessárias para montar um sistema mais confiável. Não poderiam descongelar todos os embriões de uma só vez; a bomba precisaria continuar funcionando durante décadas, pelo menos.

Amelia ficou se perguntando: ela e Cooper poderiam cuidar de quantas crianças, agora que eram só os dois? Cinco? Dez?

Pelo menos ele tinha alguma experiência nesse campo.

Você quer uma família grande, Coop? Seria uma conversa estranha que teriam. *E provavelmente dolorosa também; pelo menos para ele.*

De qualquer forma, talvez nem valesse a pena ficar pensando nisso; era capaz de a *Endurance* não conseguir levá-los a *lugar algum*, considerando os danos que sofrera. E mesmo que conseguisse, e se o planeta de Edmunds não fosse melhor que os outros?

E se «eles», quem quer que fossem os misteriosos arquitetos, estivessem fazendo uma brincadeira cruel o tempo todo? Ou, ainda pior, se não tivessem nenhum conceito real do que os seres humanos precisariam para viver num novo mundo?

Se fosse perguntado a pessoas comuns onde encontrar um ambiente apropriado para as bactérias quimiossintéticas que viviam em volta das saídas termais do fundo do mar, será que saberiam por onde começar? E será que a diferença entre essas bactérias e o *Homo sapiens* seria significativa para seres que viviam em cinco dimensões e falavam através da gravidade? Talvez não. Alguns tipos de vida da Terra poderiam sobreviver bem, tanto no planeta da Miller quanto no de Mann.

Mas não uma vida humana. E se estiveram errados sobre os dois planetas... ou melhor, sobre os onze planetas, contando os visitados pelos astronautas da missão Lázaro, que consideraram seus sistemas completamente falhos; não poderiam estar errados sobre *todos* eles? Se realmente soubessem o que estavam fazendo, por que não puderam conduzir a humanidade para o planeta certo para eles?

Então Amelia lembrou-se da imagem deformada na nave quando passaram pelo buraco de minhoca; e não conseguiu acreditar que estivessem tentando enganá-los. E Amelia ainda tinha fé em Wolf, no seu planeta; acreditava em tudo que ela dissera no dia em que tentou convencer Cooper e Romilly que o melhor curso era o que os levaria ao mundo dele.

O planeta de Edmunds era onde precisavam ficar. Tinham de chegar lá. Mas, para ela, isso não mais parecia provável.

Esperou para ouvir o que Cooper tinha vindo dizer.

Cooper parou a um passo dela. Estavam isolados por seus trajes espaciais, mas se sentiram muito... próximos.

— A estrutura principal de navegação está destruída — disse. — E não temos provisões suficientes para voltar para a Terra. Mas talvez dê para pousarmos no planeta de Edmunds.

Tanta coisa dera errada que Amelia ouviu as palavras dele com muita cautela. Tentou apreender seu tom e expressão. Sabia que isso era desesperador para ele, e sabia que deveria dar o seu melhor para não demonstrar o alívio, ou melhor, a felicidade que ameaçava tomar conta de sua mente. Cooper não podia perceber isso. Wolf podia estar vivo ou morto. Mas saber, saber ao certo... era uma sensação libertadora.

Haveria um final, que ela desejava ardentemente. E se fosse avante com o plano B, se isso viria a ser a essência do resto da sua vida, ela precisava saber. Mas se estivesse errada sobre o planeta de Edmunds... bem, estaria tudo perdido. De uma forma ou de outra, aquela viagem finalmente terminaria. Para ela, seria um final de outro tipo.

Quanto a Cooper, ela sabia no fundo do coração que nenhuma solução lhe daria consolo. Isso impregnava sua felicidade interna com tristeza.

— E o combustível? — ela perguntou, tentando olhar os aspectos práticos da situação para manter suas emoções sob controle.

— Não há o bastante — Cooper respondeu. Ele sorriu. — Mas eu tenho um plano. Vamos deixar o Gargântua nos sugar até o horizonte dele, e então usaremos o efeito estilingue para nos lançar no planeta de Edmunds. — Explicou tudo com muita facilidade, como se estivesse falando em dirigir uma caminhonete. *Claro, só deixa eu girar o volante assim e diminuir a velocidade...*

Mas ela sabia que não era tão fácil.

— Manualmente? — perguntou. Cooper tinha mostrado ser um ótimo piloto, mas ainda era apenas um ser humano. Usar o efeito estilingue em volta de um buraco negro sem o sistema principal de pilotagem? Ao menor erro, seriam tragados pelo horizonte do Gargântua e para sua singularidade.

— É para isso que eu estou aqui — disse Cooper, confiante. — Vou nos levar bem para o limite da órbita crítica. — Falou como se esperasse que ela acreditasse nele, e surpreendentemente ela percebeu que acreditou mesmo. Ele conseguiria. E se não conseguisse... bem, então assim seria. De qualquer forma, provavelmente não sentiriam nada.

— E a dilatação do tempo? — perguntou baixinho.

Cooper deu um sorriso melancólico, e Amelia notou uns traços de tristeza no seu rosto.

— Nenhum de nós pode se preocupar com a relatividade agora — respondeu, e ela notou uma coisa diferente na sua expressão. Uma espécie de tranquilidade, como se no seu sofrimento, ele tivesse encontrado algum tipo de paz.

— Sinto muito, Cooper — falou, e sem pensar, lhe deu um abraço. Ambos usavam o traje espacial, é claro, portanto tiveram pouca sensação física, mas ainda lhes pareceu natural. Seus visores se tocaram, e aquele momento pareceu se estender.

TRINTA E DOIS

Mais uma vez eles foram atraídos para o vazio adormecido do Gargântua. No Ranger que restou, Cooper começou a se preparar. Ficou observando Tars separar o módulo de pouso da combalida *Endurance.*

Gostaria de ter passado mais tempo com seus filhos. Cada segundo era precioso para ele.

O efeito estilingue não era novidade. Cometas faziam isso desde que as estrelas foram formadas. Quanto aos seres humanos, a técnica vinha sendo usada quase que desde o início das viagens interplanetárias. A *Mariner 10* foi a primeira a usar a manobra, que lançou a nave espacial não tripulada para Vênus a fim de explorar Mercúrio, seguida da *Voyager* e da *Galileu.*

Basicamente lançava-se uma nave na direção de um corpo muito maior; digamos, um planeta. A nave aumentava a velocidade enquanto "caía" na direção do planeta, chicoteando em torno dele em uma curva bastante fechada. Usava então a velocidade que ganhara caindo na direção do planeta para escapar da atração gravitacional e então seguia uma trajetória muito diferente. Como o planeta estava em movimento, a nave podia tirar proveito da velocidade orbital dele, e acrescentá-la à sua própria velocidade. Dessa forma, mudava o curso e aumentava a velocidade na direção de outro alvo final, sem gastar um mínimo que fosse de combustível.

Era o que Cooper pretendia fazer com o Gargântua.

É claro que o Gargântua não era um planeta e nem, no sentido tradicional, uma estrela. E se não fosse um buraco negro "mais moderado", nas palavras de Romilly, nunca teriam tido chance.

Segundo Romilly, e segundo as anotações de seus vinte e poucos anos de análises meticulosas, o Gargântua girava, o que significava que arrastava o espaço-tempo nessa rotação. Uma manobra utilizando o efeito estilingue era inteiramente plausível, porém um pouco mais... complicada que passar em alta velocidade rente a um planeta.

Cooper checou tudo pela enésima vez, esperando que Romilly não tivesse pirado além da conta enquanto esteve sozinho. Porque o Gargântua não teria a menor clemência no caso de um mínimo erro.

Na *Endurance,* Amelia ficou observando o módulo de pouso soltar-se e mudar de orientação enquanto Cooper e Tars preparavam a manobra.

Então ouviu a voz de Cooper no rádio.

— *Quando tivermos adquirido velocidade suficiente em volta do Gargântua, usaremos o Módulo de Pouso Um e o Ranger Dois como foguetes propulsores para nos empurrarem para fora da gravidade do buraco negro* — explicou, enquanto o módulo de pouso se reconectava à parte posterior do módulo anular, impedindo Amelia de enxergar o Ranger e Cooper.

— *As conexões entre os módulos de pouso estão destruídas* — Cooper continuou. — *Então teremos de controlar tudo manualmente. Quando o combustível do Módulo de Pouso Um se esgotar, Tars será ejetado...*

— *E sugado para dentro do buraco negro* — Tars completou.

Amelia achou de início que estavam brincando. Tars e Cooper faziam muito isso. Às vezes ela tinha vontade de mudar a configuração de humor de *ambos.* Mas logo constatou que dessa vez não era brincadeira.

— Por que ele tem de ser separado? — perguntou.

— *Nós temos de diminuir o peso se quisermos escapar daquela gravidade* — Cooper explicou.

— *Terceira lei de Newton* — Tars acrescentou. — *A única forma que os seres humanos encontraram para chegar a algum lugar é deixar alguma coisa para trás.*

Doyle, Amelia pensou. *Romilly, Mann, seu pai... e agora Tars?* Quantos ela ainda teria de perder?

— Cooper — disse, meio desesperada e até mesmo um tanto indignada — você não pode pedir ao Tars para fazer isso por nós...

— *Ele é um robô, Amelia. Eu não preciso pedir nada a ele* — Cooper argumentou.

— Cooper, seu filho da puta! — ela falou irritada.

— *Desculpe, mas seu áudio saiu com um pouco de interferência* — ele disse.

Amelia estava pronta para dar um sermão, mas Tars intercedeu.

— *Era isso que pretendíamos, dra. Brand. É nossa última chance de salvar o povo da Terra. Se pudermos encontrar uma forma de transmitir os dados quânticos que eu encontrar lá, talvez eles ainda consigam fazer alguma coisa.* — O tom calmo e sensato do robô aplacou a raiva dela.

— Se ainda houver alguém para receber esses dados lá — ela falou, sentindo-se mais vazia que nunca.

Seria possível? Fazia sentido? Era difícil saber mais alguma coisa. Porém uma chance era melhor que nada, e Cooper devia estar certo quando disse que tinha de diminuir o peso. Era algo enlouquecedor, mas ele raramente errava a respeito dessas coisas.

Todavia, se houvesse um meio de provar que seu pai estava errado e reabilitar o plano A, tinham de tentar. É que parecia errado Tars ser o escolhido para fazer esse sacrifício. Devia ser ela, mas agora era tarde demais; Cooper já tinha tudo preparado. E, de uma forma ou de outra, nem os robôs nem Cooper conheciam bem a bomba populacional. Se houvesse algum problema, se fosse necessária uma improvisação, Amelia teria de estar lá. Pela lógica, Tars é quem devia se sacrificar, e não ela.

Ainda assim, era difícil ficar num lugar seguro, simplesmente vendo outro pagando a conta por ela.

Enquanto os motores lançavam-nos para frente, cada vez mais depressa, a nave começou a tremer.

Amelia afivelou-se melhor e tentou não pensar no que poderia acontecer se Cooper cometesse um mínimo engano nos seus cálculos. Estavam tão perto agora que ela só conseguia ver um oceano estígio monstruoso, envolto em um gás dourado e reluzente. Parecia impossível que pudessem escapar enquanto caíam cada vez mais rápido, impossível que aquele antigo rei morto os deixasse escapar da sua garra gananciosa e imortal. Nada tão frágil e mortal como a *Endurance* teria alguma chance diante de tamanha avidez cósmica. Mesmo se passassem pelo perigeu, o ponto mais próximo do buraco negro, certamente se fragmentariam quando se afastassem.

Mas ela tinha de acreditar; tinha de acreditar que Cooper conseguiria tirar a nave dali.

De repente, lá estavam eles no fundo da queda. Pelo menos ela *esperava* que fosse o fundo.

— *Velocidade máxima atingida* — Case anunciou. — *Preparar para acionar os propulsores de escape.*

— *Pronto* — disse Tars.

— *Pronto* — Cooper ecoou.

Amelia não conseguia tirar os olhos do horizonte impossível, daquele monstro de coração negro abaixo deles.

— *Ignição do motor principal em três, dois, um, fogo* — disse Case.

A estrutura ressoou quando os motores principais foram acionados, adicionando empuxo à atração que já atuava sobre eles ao contornarem o Gargântua, indo contra a gravidade do buraco negro, como num jiu-jitsu estelar. Mas o gigante não desistiria sem uma briga. A *Endurance* esforçava-se ao seu limite para se libertar, como se fosse um veículo com tração nas quatro rodas tentando sair de um buraco de areia, com as rodas patinando e escorregando de volta para o buraco.

A inércia não era suficiente. Nem os motores principais.

Era preciso mais empuxo.

— *Módulo de Pouso Um* — Case continuou — *acionar motores ao meu comando... três, dois, um, fogo...*

— *Fogo* — disse Tars, e os motores do módulo entraram em ação. A *Endurance* protestou mais ainda, com a estrutura metálica rangendo, à medida que a pequena nave esgotava as reservas de combustível em uma queima intensa como nunca antes.

— *Ranger Dois, motores ao meu comando* — disse Case. — *Três, dois, um, fogo.*

— *Fogo* — Amelia ouvir Cooper dizer.

Ela viu novamente as estrelas enquanto se afastavam do Gargântua em direção ao céu noturno, grandioso e espetacular, muito mais brilhante que o do sistema solar. E em algum lugar lá fora, entre o brilho intenso das nebulosas, dos pulsares e do resplendor de estrelas novas, encontrava-se o tênue ponto vermelho onde pretendiam chegar.

O planeta de Edmunds.

Inacreditavelmente, o efeito estilingue "propulsionado" parecia estar funcionando. O ponto crítico ainda estava adiante, mas já bem próximo.

— *Essa pequena manobra nos custou cinquenta e um anos* — Cooper informou.

— Você está em boa forma para alguém de cento e vinte anos — Amelia disse, ainda um pouco tonta.

— *Módulo de Pouso Um, preparar para separação na minha contagem* — disse Case. — *Três...*

Amelia via o módulo de pouso, com Tars nos controles, e sua breve alegria se dissipou tão depressa quanto veio. O combustível do módulo esgotou-se, e agora ele era nada mais que um peso morto. Como Tars.

O espaço exigia uma certa parcimônia. Uma coisa era útil ou peso morto, e se fosse peso morto, era abandonada. Eles se livravam de peso desde que o propulsor do primeiro estágio foi ejetado, ainda na atmosfera da Terra. Como disse Tars, era preciso deixar alguma coisa para trás.

Seria assim que o pai dela se sentia com relação à Terra e ao resto da raça humana? Seriam todos pesos mortos que tinham de ser largados para que alguns pudessem continuar?

Mas Tars não era um peso morto.

Tars era Tars. Tinha uma configuração de humor...

— *Dois, um,* fogo — disse Case.

Pelo vidro da cabine, ela viu Tars se mexer.

— *Desacoplar* — ele disse.

E o módulo se separou.

— Adeus, Tars — Amelia falou.

— *Vejo você do outro lado, Coop* — Tars disse com otimismo.

Amelia franziu a sobrancelha. O que ele quis dizer com aquilo? Alguma coisa na forma como Tars falou...

A velocidade do módulo foi diminuindo até ele começar a cair na direção do buraco negro.

— *Case? Que voo bom e descuidado* — ela ouviu Cooper dizer.

— *Aprendi com meu mestre* — o robô respondeu. Os motores do Ranger tossiram e pararam quando seu combustível também se esgotou.

— *Ranger Dois, preparar para desacoplar* — disse Case.

Por um instante Amelia achou que tinha ouvido mal, mas ao olhar para o rosto de Cooper, viu nele uma leve expressão de desculpa.

— Não! — ela gritou, procurando as fivelas dos cintos de segurança.

— *Ao meu comando* — Case falou.

Livre dos cintos, ela foi flutuando até a janela e olhou para Cooper com olhos suplicantes.

— O que você está fazendo? — perguntou.

— *Terceira lei de Newton. É preciso deixar alguma coisa para trás* — ele respondeu.

— *... dois...* — Case falou.

Amelia encostou seu visor na janela, tentando de alguma forma atravessar o vácuo que os separava.

— Você disse que tínhamos reservas suficientes para nós dois! — disse Amelia.

— ...*um* — Case continuou.

Cooper sorriu para ela.

— *Ei, nós concordamos; noventa por cento* — falou.

— *Fogo* — disse Case.

Amelia viu Cooper prestes a apertar o botão, e ficou observando-o através das lágrimas que formavam círculos perfeitos dentro do seu capacete, soltas, juntando-se nos cílios.

Ele olhou para ela pela última vez, e apertou o botão.

— *De...*— começou a dizer, engasgando. — *Desacoplar.*

E o Ranger, assim como Cooper, se foi.

TRINTA E TRÊS

Cooper ficou vendo o motor principal da *Endurance* encolher até se tornar um ponto de luz semelhante a uma estrela enquanto a nave se distanciava do Gargântua e ele caía naquela treva maciça e morta. Sua respiração acelerou-se enquanto pensava como iria se sentir; se é que sentiria alguma coisa.

Examinou o horizonte, a luz deformada das últimas estrelas, decerto a última luz que veria. Mas quando olhou para o alto, viu o universo como que por uma janela circular, uma vigia que dava para o infinito.

Isso tem uma certa beleza, pensou, observando o risco formado por um jato de plasma brilhante atravessando o seu campo de visão. Nunca imaginou que fosse se sentir aterrorizado por um lado e maravilhado por outro, num equilíbrio tão perfeito. Mas à medida que a queda aumentava de velocidade, o terror foi começando a preponderar.

Tentando evitar a hiperventilação, direcionou o Ranger para baixo, e ficou surpreso ao ver uma luz no horizonte.

— Tars, você está aí? — perguntou.

A única resposta foi a estática, enquanto via o módulo caindo de bico na escuridão.

Então Cooper percebeu que estava perdendo sua luta contra o pânico. Esperava sair dessa com alguma dignidade, mas conseguia no máximo controlar seu grito.

Muito acima deles, Amelia ouvia a respiração de Cooper. Ficava cada vez mais alta. Chorando, fechou as mãos com tanta força que as unhas cortaram as palmas.

E então, de repente, depois de a respiração pesada dele ir aumentando num crescendo, o som do rádio ficou fraco e parou.

Amelia olhou para o espaço, a última sobrevivente da tripulação humana da *Endurance*. O Gargântua ainda tomava todo o seu campo de visão, mas a cada respiração sua, afastava-se milhares de quilômetros do buraco negro.

Ficou muito tempo sem conseguir desviar o olhar dali. Mas finalmente, sabendo que era necessário, deixou de lado a tristeza, aquilo que havia deixado para trás, e olhou adiante para o distante círculo vermelho que era agora seu destino.

Olhou com esperança.

— Está totalmente escuro — disse Cooper, sabendo que decerto ninguém o ouviria. — Absolutamente nenhuma luz. — Fez uma pausa. — Brand? Está me ouvindo?

Murph ficou parada no quarto, com a luz vermelha do anoitecer desaparecendo pela vidraça da janela.

Sentou-se na cama e olhou dentro da caixa. Ao pegar o pequeno módulo lunar, lembrou-se, com certo pesar, que dera um soco no menino que disse que as missões Apollo eram uma invenção; mas, mesmo agora, não se arrependia nem disso nem da briga mais feia que se seguiu.

Olhou para os livros.

— Vamos, Murph! — ouviu Getty gritar do lado de fora. — Não temos muito tempo.

Cooper viu alguma coisa vindo na escuridão, uma coisa branca e brilhante, como um punhado de areia jogada por um gigante em um tornado. Quando o Ranger mergulhou ali, deixou um rastro como diamantes fulgurantes, como granizo visto através de um forte facho de luz. Eram lindos, mas ao mesmo tempo aterrorizantes, principalmente quando começaram a acertar o casco. A nave toda estremecia enquanto os pedregulhos de gelo se tornavam algo mais próximo de rebites escaldantes, destruindo o casco do Ranger de ponta a ponta.

— Célula de combustível sobrecarregada — o computador informou. — Destruição iminente. Preparar para ejetar.

Para dentro disso? sua voz interior gritou. Mas não havia escolha, e pela segunda vez na vida, viu os controles se soltarem de suas mãos, e foi ejetado do Ranger quando a nave começou a explodir e descer para a toca de coelho infinita, com Cooper logo atrás. E então finalmente gritou, pois sua mente não aguentava aquilo, e a única coisa que lhe sobrou foi seu lado que não pensava, apenas reagia, a parte que era tão velha quanto o primeiro primata, o primeiro mamífero, o primeiro verme aquático com notocórdio.

Então, sem mais nem menos, uma grande mão invisível pareceu agarrá-lo e puxá-lo para o lado, para longe dos destroços. Na direção de... algo. Algo que de alguma forma não parecia pertencer àquele lugar. Uma espécie de grade; uma série infinita de cubículos, quase todos idênticos...

Não, não eram cubículos; percebeu que na verdade eram túneis. Sem diminuir a velocidade, bateu com o pé em um deles e caiu para o lado, com muita dor. Ainda gritando, foi chutando as paredes, seja lá do que eram feitas, até que sentiu uma parte ceder, e começou a cair um pouco mais devagar. Como se houvesse uma passagem feita de tijolos, sem argamassa. Uma coisa estranhamente familiar, nada do que pensou que encontraria em um buraco negro.

Chutou de novo, bateu com os braços, e as paredes cederam um pouco mais. E ao mesmo tempo diminuiu seu impulso para frente. Continuou a chutar e a empurrar, e foi caindo mais devagar, até que finalmente parou. Por um instante tudo ficou calmo; nada de queda, nada de movimento; ele só estava flutuando em um espaço estranho que lhe parecia cada vez mais familiar. Cooper teve tempo para perguntar-se se estava morto, se estava sonhando, ou se estava apenas preso no horizonte de eventos do buraco negro, congelado no tempo, criando fantasias estranhas para todo o sempre.

Deixando de lado as possibilidades de estar morto ou sonhando, pois não havia o que fazer se isso fosse verdade, foi até a parede da passagem. Se aquilo estivesse realmente acontecendo, então que diabo de lugar era aquele? Como um espaço transdimensional dentro de um buraco negro podia ser feito de tijolos?

Mas não pareciam tijolos... Na verdade, eram mais finos que os tijolos normais, e não tão densos. Cada um tinha duas bordas grossas externas com centenas de linhas muito mais finas, como papel...

Como livros...

Teve a impressão de estar junto da parede de uma estante. E de cada livro fluía uma linha de luz fantasmagórica, como se cada um deles deixasse um rastro. A luz criava uma vasta matriz em torno de Cooper e ia para todas as direções.

Cooper empurrou um desses objetos, e ele se moveu gradativamente. Empurrou com mais força, depois mais ainda, até que finalmente o objeto atravessou a parede e sumiu de vista ao cair do outro lado.

Olhando através da fresta, viu a filha. Tinha dez anos, e o cabelo estava molhado. Estava com uma toalha em volta do pescoço, e se virou assustada quando o livro caiu.

— Murph? — Cooper chamou. — Murph?

Mas ela não reagiu. Ficou parada ali, olhando para as prateleiras e para o livro no chão, que não dava mais para ele ver. Depois a filha foi com cuidado até a prateleira e se abaixou. Quando se levantou, estava segurando um brinquedo quebrado.

O módulo lunar.

Na penumbra, Murph virou na mão o modelo do módulo lunar, lembrando, imaginando. Do lado de fora, Getty gritava cada vez mais freneticamente. Mas ela sentiu que havia alguma coisa ali.

Cooper ficou vendo a filha de dez anos examinar o módulo quebrado.

— Murph! — tentou de novo. — Murph!

Mas ela não o ouvia. Virou-se e saiu do quarto, e Cooper sabia para onde ela ia; para a mesa no café da manhã, onde ele a repreenderia por não ser científica e não tomar cuidado com "as nossas coisas".

Desesperado, olhou em volta e percebeu que estava em uma espécie de cubo, e que de cada parede do cubo, via-se o quarto de Murph de um ângulo diferente, como se o quarto tivesse virado do avesso, revertido e voltado ao normal de novo. E não era apenas um quarto, uma estante de livros. Ele viu que a matriz de luz tinha múltiplas iterações do quarto, talvez infinitas, túneis e passagens indo em todas as direções, enquadradas, mantidas juntas pela luz que fluía dos livros, das paredes, dos objetos do quarto.

Era desorientador, e ele gostaria que Romilly estivesse ali para lhe explicar o que estava acontecendo. Devia estar operando em mais de três dimensões, mas como sua cabeça era formada para lidar com três... bem, achou que ela estava fazendo o melhor possível.

Cooper ainda estava em queda livre. Flutuando em volta e usando seus jatos, podia efetivamente ir para cada repetição do quarto de Murph, então foi até a próxima e jogou mais dois livros no chão.

Pela fresta que se formou, viu um quarto vazio. Mas não ficou vazio por muito tempo. Uma porta se abriu e, bem, *ele* entrou. Seu eu mais moço, preocupado com alguma coisa. Um instante depois Murph também entrou.

Cooper bateu nos livros, chutou outro, furiosamente determinado a chamar a atenção dos dois.

Murph passou a mão sobre a mesa antiga, lembrando-se daquele dia vários anos atrás, em que empurrou a mesa contra a porta, e como estava brava e triste. Foi pegar a cadeira também.

Cooper viu Murph colocar a cadeira no alto da mesa, completando a barricada da porta. Um instante depois viu a cadeira mover-se um pouco quando alguém... Não, não alguém, mas ele, como era antigamente, começou a forçar a porta.

— Vai embora — disse Murph. — Se tem de ir, vai logo.

Cooper foi até outra parede e viu seu eu antigo do outro lado da porta.

— Não vai, seu idiota! — gritou, quando o outro Cooper fechou a porta. Para deixar Murph acalmar-se. Precisamente a atitude errada. — Não deixa seus filhos, seu imbecil! — gritou de novo.

Começou a socar as paredes com todas as forças, mas não cegamente. Sabia o que devia fazer.

— "F" — disse. — "I"...

Murph estava olhando agora. Não parecia assustada. Estava curiosa, animada, interessada.

— "C" — murmurou. — "A".

Parou para recuperar o fôlego, e se sentiu frustrado quando seu eu antigo passou metade do corpo pela fresta da porta e colocou a cadeira no chão para poder empurrar a mesa e entrar no quarto.

— Fica, seu idiota! — gritou. — Diz para ele ficar, Murph! Diz...

Ficou observando a cena, entorpecido; tudo ocorria como antes. Deu a ela seu relógio. Ela atirou-o no chão do quarto.

— Murph — implorou. — Diz pra ele de novo! Não deixe ele ir embora...

Começou a chorar, diante da frustração de ter de observar tudo aquilo sem poder fazer nada. Era demais, não dava para aguentar. Mais uma vez, perguntou-se se estava morto. Se estava no inferno.

Porque era onde sentia que estava.

Murph pegou seu caderno velho, folheou-o e parou quando encontrou sua interpretação do código Morse das frestas nos livros.

Fica.

Olhou de novo para os livros e sentiu uma espécie de vento passar por ela, como se algum lugar oculto tivesse sido aberto de repente. Foi até as prateleiras e começou a pegar os livros.

O cheiro de milho queimado pairava na escada e passava pela porta aberta.

— Murph — disse Cooper, soluçando. — Não me deixe ir embora.

Mas seu antigo eu virou-se para a porta.

— Fica! — ele gritou, batendo nos livros com toda a força. Um deles caiu no chão, e seu antigo eu virou-se. Olhou para o livro...

E saiu.

Cooper encostou a cabeça nos livros, aos prantos.

Murph olhou para as frestas que deixara nos livros, e para seu caderno. Sentiu a garganta apertada.

— Pai. Era você. Você era o meu fantasma... — disse.

Seu rosto ficou coberto de lágrimas, não de raiva, nem tristeza, mas de uma alegria que não sentia havia muitos, muitos anos. O pai não a abandonara. Ele tinha tentado fazer algo. Era o fantasma dela.

Cooper ainda chorava quando ouviu seu nome. Virou-se, mas não viu ninguém, e percebeu que a voz vinha do seu rádio. E reconheceu a voz.

Tars.

— Você sobreviveu — disse Cooper.

— *Em algum lugar* — Tars concordou. — *Na quinta dimensão deles. Eles nos salvaram.*

— Quem são "eles"? — Cooper perguntou. — E por que nos ajudaram?

— *Não sei* — Tars admitiu — *mas eles construíram esse espaço tridimensional dentro da realidade de cinco dimensões deles para você poder entender.*

— Não está funcionando! — Cooper explodiu.

— *Está, sim. Você viu que o tempo aqui é representado como uma dimensão física. E até percebeu que pode exercer uma força através do espaço-tempo.*

Cooper franziu a sobrancelha, tentando compreender. E de repente conseguiu. As riscas de luz vindas dos livros eram caminhos. Através do tempo. Mostravam de onde cada coisa no quarto de Murph tinha vindo e para onde estava indo. E a força que ele estava exercendo...

— Gravidade — disse. — Para enviar uma mensagem...

Ficou observando os túneis infinitos, as infinitas Murphs, as linhas que vinham dos livros, as prateleiras, tudo no quarto se projetando até onde ele podia ver, em toda e qualquer direção.

— A gravidade atravessa as dimensões, inclusive o tempo — disse.

Quando ele apertava um ícone em um painel de controle, não era o ícone que fazia a nave se mover. Era apenas uma coisa que traduzia sua intenção para os mecanismos que podiam realmente acionar a nave. Da mesma forma, embora achasse que estava socando os livros com os punhos e os pés, na verdade isso não era possível. Seu corpo físico, *aquele* seu corpo físico, não estava no passado; simplesmente não podia estar.

Mas a gravidade podia. Como disse Tars, a gravidade atravessava todas as dimensões. Quando ele socava uma delas, o que realmente fazia era enviar uma pulsação através do espaço-tempo, uma ondulação gravitacional que mexia nos livros.

Em outras palavras, ele era a fonte de uma anomalia gravitacional, e "eles" tinham lhe dado controle disso da maneira mais natural possível: criando seu senso do eu, seu senso do corpo, o controlador. Dando-lhe imagens, ícones, que ele pudesse entender e sobre eles exercer essa força.

Percebeu de repente que podia haver uma razão para isso. Alguma coisa além de ver sua própria pessoa cometer o maior erro da sua vida, várias vezes. Só tinha de compreender as ferramentas que tinham lhe dado, e determinar o que fazer com elas.

Voltou para a parede e começou a contar os livros.

— Você tem os dados quânticos agora — disse para Tars.

— *Estou transmitindo esses dados em todos os comprimentos de onda* — Tars confirmou — *mas não está saindo nada.*

— Eu posso fazer isso... — disse Cooper.

Pegou uma das linhas do tempo; *linhas do mundo, na verdade,* pensou, e puxou-a. Para sua alegria, uma onda correu pela linha, como uma corda de violão vibrando, afetando aquele livro ligeiramente, onde e quando estivesse.

— *Dados tão complicados* — disse Tars — *para enviar para uma criança...*

— Não uma criança qualquer — disse Cooper.

Murph ficou ali no quarto já quase escuro, olhando para seu caderno, intrigada. Sabia que devia haver algo a mais agora. Uma resposta...

O pai tinha estado ali, como o fantasma.

Onde ele está agora?

— Murph! — Getty berrou, mais frenético que nunca. — Vamos embora!

TRINTA E QUATRO

Cooper viu Murph olhando pela janela, e sabia que seu eu antigo estava indo embora. Para a NASA, a *Endurance*; aquilo ali.

— *Mesmo que você se comunique daqui* — disse Tars — *ela só reconheceria o significado muitos anos depois...*

Cooper ficou com raiva. Depois de todo o medo e frustração que havia sentido, os sentimentos que ardiam nele agora eram uma mudança bem-vinda.

— Então pensa em alguma coisa! — disse de repente. — Todo o mundo da Terra vai morrer!

— *Cooper* — disse Tars — *eles não nos trouxeram aqui para mudar o passado.*

É claro que não. Cooper fez uma pausa e se acalmou. Não, não podia mudar o passado. Mas percebeu uma outra coisa... uma coisa que Tars falou.

Eles não nos trouxeram aqui para mudar o passado.

Eles...

— Nós é que nos trouxemos para cá — disse, e então se afastou, achou outro ângulo e viu o quarto em um momento ligeiramente diferente. Estava coberto de poeira da tempestade, a tempestade que ocorrera durante o jogo de beisebol. Murph tinha deixado a janela aberta...

— Tars — falou, estudando a poeira. — Me envie as coordenadas da NASA em binário.

E com os dedos, traçou o gráfico, as linhas que tinha visto depois da tempestade de poeira...

Murph correu o dedo pelo peitoril da janela e examinou a poeira, lembrando-se do dia em que viu o gráfico no chão e da sua felicidade por aquilo ter dado verossimilhança ao que ela havia dito, por seu pai ter acreditado nela. Mas só um pouco. Ele nunca acreditou em tudo. Só na parte que *quis* acreditar, na parte que dizia que ele fora escolhido para ir para o espaço. O fantasma que ele não levou em conta.

No entanto ele *era* o fantasma. Era ambos. Deu a si próprio as coordenadas que o levariam à NASA, mas também disse a si próprio para ficar.

Uma contradição. Como a própria gravidade.

Ela olhou em volta do quarto à procura de alguma coisa para reconciliar aquilo. Era sua última cartada. Tom nunca a deixaria entrar lá de novo.

— Vamos, pai — ela pediu. — Há mais alguma coisa aqui?

Cooper levantou o olhar enquanto traçava o gráfico.

— Não está vendo, Tars? Eu *me* trouxe para cá. Nós estamos aqui para nos comunicarmos com o mundo tridimensional. Nós somos a ponte.

Foi ver outra versão do quarto. Murph estava lá, pulando da cama e pegando o relógio que tinha atirado no chão, saindo porta afora...

***

Murph abriu a caixa e pegou o relógio, pensando no pequeno momento de esperança, na pequena experiência que ela e o pai fariam juntos, até perceber que ele ficaria muito tempo fora, que nem sabia se voltaria um dia. Ela havia atirado o relógio longe, rejeitado o pai e sua maldita tentativa de "fazer as coisas certas".

Logo depois pegou o relógio de novo. E o guardou. E esperou. E ele não voltou. Eles nunca puderam comparar o relógio dela com o dele.

Colocou o relógio na prateleira.

O ponteiro dos segundos balançou.

Cooper foi passando pelos livros, seguindo suas posições no tempo.

— Eu achava que tinha sido escolhido — disse. — Eles nunca me escolheram. Escolheram Murph.

— *Para quê?* — Tars perguntou.

— Para salvar o mundo! — Cooper respondeu.

Viu Murph, aos dez anos, voltando para o quarto aos prantos, segurando o relógio. Foi duro ver isso, mas ele aguentou.

Depois de um instante, ela colocou o relógio em uma prateleira.

Murph deu um suspiro e colocou a caixa na prateleira. Se algum dia houve alguma outra coisa ali, agora não havia mais nada. Ela precisava salvar o que podia. No momento, isso significava salvar Lois e Coop.

Cooper "se movimentava" depressa, seguindo o quarto através do espaço-tempo. Observou a transição do quarto de Murph para um lugar abandonado, e também viu de relance um meninozinho, mas não foi uma visão clara.

— Eles teriam acesso ao tempo infinito, ao espaço infinito — disse a Tars, gesticulando. — Mas não teriam como achar o que precisam. Mas eu posso achar Murph e encontrar uma forma de contar para ela... do mesmo jeito que encontrei esse momento.

— *Como?* — Tars perguntou.

— Amor, Tars. Amor, exatamente como Brand disse. É assim que encontramos as coisas aqui. — O amor, como a gravidade, que podia se deslocar pelo tempo e pelas dimensões.

Brand estava certa.

— *Então o que temos de fazer?* — Tars perguntou.

Cooper olhou para a dimensão do tempo. Os livros? Não, e nem tampouco o módulo de pouso. Mas o relógio na prateleira, ao que parecia...

— O relógio — ele percebeu. — É isso. Ela vai voltar para pegar o relógio.

— *Como você sabe?* — Tars perguntou.

Mais uma vez ele teve certeza, uma atração forte como a de um buraco negro. Mais forte ainda; era como a atração que o levara para ali. Isso traria Murph de volta também.

— Porque eu dei a ela — explicou, mais entusiasmado. Examinou o relógio por um instante. Teria de ser simples, binário ou...

Era isso.

— Vamos usar o ponteiro dos segundos — disse para Tars. — Traduza os dados em Morse e mande para mim.

Pegou a linha do tempo que se conectava com o ponteiro dos segundos em todas as suas iterações, e enquanto os dados chegavam, foi arrastando o ponteiro com ritmo: pulsos longos e curtos; pontos e traços.

— *E se ela não vier pegar o relógio?* — Tars perguntou.

— Ela vai pegar — Cooper insistiu, quando o ponteiro dos segundos começou a balançar para trás e para frente. — Ela vai pegar. Posso sentir isso...

***

Murph estava se virando para sair quando Getty gritou, quase histérico, avisando que Tom estava vindo. Mesmo assim alguma coisa a prendeu ali. Voltou para pegar a caixa, sabendo o que a esperava, e tirou o relógio de dentro. Ficou sentindo-o com os dedos e o observando.

— Murph? — Getty gritou. — Murph!

Quando ela saiu da casa, Getty estava com uma chave de roda, vendo Tom sair da caminhonete zangado e coberto de fuligem. Lois e Coop também observavam tudo, amedrontados.

Mas Murph foi correndo para o irmão.

— Tom. Ele voltou... ele voltou.

A expressão ameaçadora de Tom passou um pouco para um ar de perplexidade.

— Quem? — perguntou, num tom ríspido, com voz confusa e enraivecida.

— O nosso pai — ela disse. — Era ele. Ele vai nos salvar.

Triunfante, ela levantou o relógio; o ponteiro dos segundos balançava de um jeito estranho.

Murph olhou para as equações que acabara de escrever, depois de volta para o relógio. Levantou-se, juntou as páginas e foi correndo pelos corredores. Na pressa, deu um encontrão em alguém e viu que era Getty, mas não diminuiu o passo, como se nada tivesse acontecido.

Lembrou-se da primeira vez que esteve ali, com o pai; achara aquele lugar horrível, mas logo ficou fascinada por ele. Agora, depois de todos esses anos, essa era a sua casa.

Foi até a área de lançamento, a gigantesca estação espacial cilíndrica que nunca tinha sido destinada a voar, que fora nada mais que muito trabalho, para evitar que aqueles que conheciam a verdade se fechassem num casulo e assim permanecessem.

Lembrou-se do orgulho que o professor Brand sentia de tudo aquilo, embora acreditasse que nada iria funcionar.

Foi até o corrimão, maravilhada de ver os milhares de operários que ainda trabalhavam no projeto. Getty chegou junto dela, com um ar de curiosidade estampado no rosto.

Então ela virou-se para a imensa sala, e gritou a plenos pulmões.

— *Eu-RE-ka!*

E virou-se para Getty, com um sorriso nos lábios.

— Bem, é a tradição — Murph disse. Então jogou os papeis por cima do corrimão. — Eureka! — repetiu, vendo os papeis voarem pelo ar e os operários olharem intrigados para ela.

Então deu um beijo na boca do dr. Getty, que ficou bem surpreso e confuso.

Cooper olhou para a linha do mundo do relógio e viu que ela parecia ramificar-se infinitamente.

— Funcionou? — perguntou a Tars.

— Deve ter funcionado — Tars respondeu.

— Por quê? — Cooper perguntou, esperançoso.

— Porque os seres hiperespaciais estão fechando o tesserato — Tars explicou.

Cooper olhou de novo à distância e viu que pelo menos alguma coisa estava acontecendo. As linhas se transformavam em lençóis e volumes, à medida que a representação tridimensional criada para seu cérebro humano se desemaranhava e voltava à sua realidade completa, de cinco dimensões. Era como se o universo estivesse desmoronando sobre ele, e ele imaginou que de certa forma, estava mesmo.

— Você não entende, Tars? — Cooper perguntou. — Não são *seres*; são *nós*. Tentando ajudar, como eu tentei ajudar Murph...

— Esse tesserato não foi feito por humanos — disse Tars.

— Ainda não — Cooper respondeu. — Mas um dia o farão. Não você nem eu, mas as pessoas; gente que evoluiu além das quatro dimensões que conhecemos.

Enquanto a expansão para cinco dimensões chegava a Cooper, ele pensava em Murph e Tom; esperava que os tivesse salvado. Achava que tinha, ou que pelo menos tivesse ajudado. Não havia mais nada que pudesse fazer.

— O que vai acontecer agora? — pensou em voz alta.

Mas nesse momento foi varrido para longe dali, como que por uma onda maciça, como ocorrera com o Ranger no mundo de Miller. Porém aquela onda simplesmente o levantara e o largara de novo. Dessa vez foi como um rio correndo rapidamente.

Ou uma corrente de maré.

Na corrente, e além dela, ele viu estrelas e planetas nascendo, morrendo, fragmentando-se em partículas, e nascendo novamente, cada vez mais depressa; pelo espaço-tempo, acima do espaço-tempo, um pedaço de papel dobrando, uma caneta fazendo um furo nele...

Aonde estava indo agora? Ele estava acabado, não é? Havia cumprido seu dever; agora era a vez de Murph. E de Brand.

Perguntou-se onde Brand estaria, como estaria se virando. Desejava poder lhe explicar por que teve de deixá-la sozinha.

Mais adiante viu uma distorção vítrea e dourada, e dentro dela, a *Endurance,* e por uma fração de segundo pensou que seu desejo o levara a ela; mas então notou que essa *Endurance* parecia nova, perfeita, e estava começando a entrar no buraco de minhoca. Ele atravessou o casco da nave e viu Brand e Romilly lá, afivelados nos assentos.

Brand, pensou, chegando perto dela. De certa forma, *tinha* realizado seu desejo. Será que poderia se comunicar com ela? Provavelmente não, ou pelo menos só poderia dizer coisas sem importância, pois aquele era o passado, e ela não sabia de nada que iria acontecer.

Para sua surpresa, Brand o viu. Ela estendeu-lhe a mão, e ele compreendeu que *podia* comunicar alguma coisa. Alguma coisa que talvez fosse importante. Cooper estendeu-lhe a mão também, esperando sentir o calor da mão dela, apertá-la com carinho. Mas quando os dedos de ambos se juntaram, eles se misturaram, distorcendo-se, mas não exatamente se tocando. Um momento silencioso no caos.

Cooper observou o rosto maravilhado de Brand.

Então foi varrido dali abruptamente. Aquela imensa esfera sulfurosa, Saturno, de repente surgiu diante dele...

A partir daí, só silêncio.

TRINTA E CINCO

Cooper abriu os olhos ao ouvir o ruído de um taco de beisebol, e sentiu uma ligeira brisa e uma tênue luz do sol. Piscou, tentando imaginar onde se encontrava.

Não usava mais o traje espacial. Estava numa cama, coberto com lençóis brancos. A cama ficava em um quarto com uma janela dando não para o espaço, mas para a luz. A vista estava escondida atrás de cortinas finas, mas dava para ouvir a garotada rindo do lado de fora.

— Sr. Cooper? — alguém disse. — Sr. Cooper?

Levantou os olhos e viu um rapaz com queixo protuberante e olhos verdes olhando para ele. Ao seu lado, havia uma mulher de cabelo preto e rabo de cavalo. Não conhecia nenhum dos dois, mas enquanto seu cérebro se reajustava à situação, viu que estavam vestidos como médicos; então percebeu que estava deitado em uma cama de hospital.

Sentou-se, tentando se lembrar. Tinha visto Brand, e então tudo desapareceu. E surgiu Saturno...

Fora jogado de volta ao espaço na órbita de Saturno, a dois anos da Terra e de qualquer ajuda possível.

Como não tinha morrido?

— Vá com calma, senhor — advertiu o médico. — Não se esqueça que não é mais um menino. — Sorriu. — Vejo que você tem... — Olhou a papeleta médica que tinha em mãos. — ...cento e vinte e quatro anos.

Cooper não se sentia mais velho do que quando saiu da Terra.

Dilatação do tempo, pensou.

— O senhor teve muita sorte — ele continuou. — O Ranger o encontrou apenas alguns minutos antes do seu suprimento de oxigênio esgotar-se.

Rangers? Na órbita de Saturno? Por quê? Teria havido outra expedição?

— Onde eu estou? — perguntou.

O médico pareceu um pouco surpreso, mas foi para a janela e abriu as cortinas.

Não havia céu, apenas a curvatura superior de um imenso cilindro, com casas, árvores, campos e lagos de cabeça para baixo. Cooper seguiu o máximo que pôde a curvatura que continuava descendo, e percebeu que passava abaixo dele. E sabia que já vira isso antes, ou algo se tornando isso. Na NASA, na montanha.

— Estação Cooper — disse o médico. — Atualmente orbitando Saturno.

Cooper estava com um pouco de dificuldade para se levantar, mas com a ajuda da enfermeira, levantou e foi devagar até a janela. Do lado de fora, abaixo do céu desordenado, uns garotos jogavam beisebol. Enquanto ele olhava, um deles deu uma tacada que jogou a bola lá para o alto. Ficou vendo a bola subir, perder velocidade e parar; e depois, ganhou velocidade ao cruzar o eixo da estação, e continuou subindo. Os garotos gritaram quando a bola quebrou uma claraboia, literalmente do outro lado do mundo.

— Muita gentileza sua pôr meu nome nessa estação — ele disse, enquanto os jogadores de beisebol riam do acidente.

A enfermeira deu um risinho. Mas ele notou que ela não estava rindo dos jogadores de beisebol, e o médico a olhava.

— O que foi? — Cooper perguntou.

— O nome da estação não foi em sua homenagem, senhor — disse o médico. — Foi em homenagem à sua filha.

Cooper sorriu ao perceber seu engano.

É claro que foi.

— Embora ela sempre diga o quanto o senhor foi importante — o médico acrescentou.

Aquelas palavras fizeram Cooper se lembrar de algo que tinha de perguntar, mas não sabia se queria ouvir a resposta. Se estava com cento e vinte e quatro anos... se oitenta e poucos anos tinham se passado desde que saíra da Terra...

— Ela ainda... está viva? — perguntou.

— Sua filha vai chegar aqui dentro de umas duas semanas — o médico confirmou. — Está com muita idade para vir de outra estação para cá, mas quando soube que o senhor tinha sido encontrado... bem, o senhor conhece Murph Cooper.

— Conheço — disse Cooper, maravilhado. — Sei como ela é.

— O senhor vai ter alta daqui a uns dois dias — garantiu o médico. Então ele e a enfermeira saíram e deixaram Cooper sozinho.

Plano A, lembrou, olhando para a fantástica estação; o trabalho do professor Brand concretizado, coisa que o próprio professor nunca acreditou que aconteceria.

Fantástico plano A.

O administrador era muito organizado, muito desembaraçado e... jovem. Não tinha mais que trinta anos, e nenhum fio branco no cabelo crespo e preto.

— Tenho certeza que o senhor vai ficar entusiasmado com o que vai ver — disse para Cooper, levando-o por uma passagem dentro de um hangar. — Temos uma boa surpresa para o senhor.

Cooper bateu os olhos em uma fileira de Rangers; não iguais ao que ele tinha pilotado, mas uma nova geração, ainda mais elegantes que os anteriores. Uma beleza. Perguntou-se que diferenças teriam. Gostaria de entrar em um deles e dar uma olhada nos controles. Seriam movidos por algum tipo de impulsão gravitacional, como a estação devia ser?

Mas seu guia nem olhou para as belas naves. Não era para lá que estavam indo.

— Eu fiz um artigo sobre o senhor quando estava cursando o segundo grau — disse o rapaz. — Sei tudo sobre sua vida na Terra... — Entraram no que seria uma praça comum de uma cidade, se não estivesse em órbita em torno de Saturno. — Quando mostrei meu projeto para a sra. Cooper, fiquei encantado quando ela disse que estava perfeito.

Cooper parou quando viu uma casa de fazenda. Aliás, era mais que isso. Era *sua* casa, a mesma varanda onde ele e Donald bebiam cerveja à noite. O lugar onde os filhos nasceram, onde Murph virou as costas para ele.

Porém, estava mais limpa; parecia ter sido pintada.

Ao chegar mais perto, apareceu um velho senhor numa tela de vídeo.

"*Dia 14 de maio*", disse a imagem. "*Nunca vou me esquecer. Me lembro como se fosse ontem. A gente nunca imaginaria...*"

Viu o rosto de outro homem, também velho.

"*Quando a primeira das grandes veio, achei que fosse o fim do mundo*", o velho disse.

— É claro que não falei com ela pessoalmente — disse o guia.

"*É verdade, meu pai era fazendeiro...*", disse uma velhinha com voz trêmula, mas então chegaram à casa, e a porta encerrou a narração. Cooper percebeu que outro monitor ligou quando entraram na cozinha, mostrando mais idosos falando sobre a poeira.

Sua casa era agora uma exposição de museu.

— Mas ela confirmou que o senhor gostava muito de ser fazendeiro — disse finalmente o administrador, orgulhoso.

— Ela disse isso, é? — Cooper perguntou. Bem, o mínimo que Murph podia fazer era uma piadinha à sua custa. A ideia era ele morar em um museu e ser sua principal atração? Fazendo algum trabalho na fazenda para mostrar para as crianças?

Notou uma coisa que não cabia naquela cena pastoral da casa; um robô, com uma forma muito familiar.

— Aquele é...?

— Sim, a máquina que vimos perto de Saturno quando encontramos o senhor — o homem confirmou. — Sua fonte de energia se esgotou, mas nós podemos arranjar outra, caso o senhor queira fazer o robô funcionar de novo.

Cooper fez que sim.

— Por favor — ele disse.

Naquela noite Cooper voltou ao hangar e ficou observando os Rangers voltando da patrulha, admirando suas linhas elegantes e invejando os pilotos que saíam das cabines de pilotagem para que as equipes as manobrassem até os pontos de estacionamento.

Não sabia exatamente o que o levara ali. Uns dias atrás, no seu tempo, estava tentando ao máximo voltar para a Terra e nunca mais ver o espaço nem uma nave espacial. Agora... bem, agora não tinha certeza do que devia fazer. O plano A ter acontecido, ele ter podido ajudar, e Murph ter conseguido usar os dados para criar... *aquilo*, era altamente gratificante. Era mais do que ele podia pedir. Mas havia uma desvantagem em ter cento e vinte e quatro anos.

Nunca mais veria Tom. Ele morrera havia quase vinte anos, e seu filho, Coop, neto de Cooper, tinha idade biológica para ser *seu* pai. Quase todos que ele conhecia tinham morrido... exceto Murph.

Quanto a ela... Cooper não sabia o que esperar. Para ele, menos de um ano se passara desde a última vez que os dois se sentaram na cama dela. Mas para Murph, tinha sido uma vida inteira. Ele esteve ausente durante a maior parte da vida da filha. Como poderia se desculpar por isso?

Suspirou e voltou para a casa de fazenda transplantada para lá, mas sem pressa. Ficou apreciando os detalhes estranhos da Estação Cooper.

Como a *Endurance,* o imenso cilindro girava em torno do seu eixo. A abertura pela qual sua nave fora lançada, havia muito tempo, era essencialmente o Polo Norte da estação. Era também o sol. Os espelhos da época em que aquele lugar era uma câmara de lançamento, que refletiam a luz do sol através de sua vasta galeria, tinham sido substituídos por espelhos *realmente* imensos, grandes o bastante para concentrar a fraca luz do sol em Saturno e iluminar o interior da Estação Cooper. Os computadores mantinham os espelhos focados, e na penumbra, eram dobrados para simular o ciclo de sono da Terra, ou coisa semelhante.

No mundo de Edmunds, a duração do ciclo de dia e noite não era igual à da Terra, e como a meta posterior era viver lá, a Estação Cooper, assim como suas estações irmãs, iam aos poucos modificando a duração de cada dia. O ritmo circadiano humano, de 24 horas, era o mesmo havia milhões de anos, e seria uma má ideia pedir para o corpo mudar esse ciclo rápido demais.

Cooper ficou imaginando como Brand estava se arranjando com isso. Será que estava bem? Será que tinha conseguido? A dilatação do tempo havia sido a mesma para eles. Quando ele foi expelido para o espaço perto de Saturno, ela ainda estava a caminho do mundo de Edmunds. Já estaria lá, ou estaria chegando. Começou a pensar em tudo que ela teria de fazer sozinha, só para *chegar* ao mundo de Edmunds; as correções do curso, colocar a *Endurance* em uma órbita estável, transferir a bomba populacional para o módulo de pouso, e tudo o mais de que precisasse, pois não havia combustível suficiente para o módulo voltar para a Terra depois que pousasse.

Pousar o módulo também envolveria uma série de problemas. E se a atmosfera fosse instável? Os outros planetas tinham sido muito hostis a eles. Mesmo que aquele pontinho vermelho fosse habitável, quem poderia dizer que não apresentaria suas próprias surpresas?

E depois de tudo isso, ela teria de construir uma base, um lar para as crianças que nasceriam.

É claro que não estava inteiramente sozinha. Tinha Case, e havia a possibilidade de Edmunds ainda estar vivo.

Cooper tentou imaginar o encontro, mas viu que não queria pensar nisso. Sem dúvida, "Wolf" era um bom sujeito, e Cooper esperava, para o bem de Brand, que ele ainda estivesse vivo.

Esperava mesmo.

Mas não queria pensar muito nisso.

Talvez eles já tivessem enviado alguém para ajudá-la. Qualquer um dos Rangers era capaz de fazer a viagem, porque o buraco de minhoca continuava exatamente onde estava antes. Resolveu levar o assunto ao administrador na próxima vez que o visse. Com Wolf ou sem Wolf, Brand precisaria de ajuda.

Quando voltou para a casa da fazenda, descobriu que tinham colocado lá um novo suprimento de energia, conforme prometeram, e ele começou a trazer Tars de volta à vida.

— Configurações — disse Tars. — Configurações gerais, configuração de segurança...

— Sinceridade — disse Cooper. — Novo nível de configuração. Noventa e cinco por cento.

— Confirmado — Tars disse. — Customizações adicionais?

— Sim — Cooper respondeu. — Humor, setenta e cinco por cento. Espere aí... sessenta por cento.

— Este lugar... Sua vida era assim quando você estava na Terra?

— Bem, não era tão limpo quanto agora — disse Cooper, olhando em volta da casa imaculada; e depois observando o mundo lá fora, todas as casas e árvores, que apesar daquela orientação espacial, representavam um simulacro da Terra. — Não tenho certeza se gosto disso, fingir que voltamos para o lugar onde estávamos antes — ele murmurou.

Uma enfermeira esperava Cooper quando ele entrou nervoso na sala de espera do hospital. Não sabia o que esperar, não sabia nem como se sentia.

— Ela está...? — Não terminou a frase, pois não sabia exatamente o que perguntar.

— A família está toda lá dentro — disse a enfermeira.

— A família? — perguntou.

— Vieram todos ver sua filha. Ela esteve hibernada por quase dois anos.

Indicou a porta, e Cooper respirou fundo e entrou. Dessa vez não havia uma cômoda. Nem cadeira.

Lá estava Murph na cama, rodeada de pessoas que ele não conhecia, mas muitas com pequenos traços dela no rosto. Filhos, netos, bebês...

E Murph.

A família abriu caminho para ele se aproximar. Alguns sorriam, outros pareciam curiosos, até mesmo intrigados. Um meninozinho escondeu-se por trás da mãe.

Murph estava muito velha e muito frágil, mas ele a reconheceu pelos olhos, a menininha de cabelo vermelho, a mulher bonita que o repreendeu através do sistema de comunicação da nave. Murph, em todas as suas estações.

Os olhos dela estavam cheios de lágrimas, mas exprimindo alegria. Estendeu a mão para o pai.

— Murph — ele disse, com a garganta apertada.

— Papai — ela murmurou. Fez um sinal para os outros, e eles se afastaram em silêncio.

— Você disse a eles que eu gosto de ser fazendeiro — falou, olhando para ela.

Murph sorriu, aquele mesmo sorriso malicioso do dia em que se escondeu na caminhonete. Cooper devolveu o sorriso.

— Murph — falou, depois de um tempo. — Era eu. Era eu o seu fantasma.

— Eu sei — ela disse, levantando o pulso para lhe mostrar o relógio. — Ninguém me acreditou — continuou. — Eles achavam que eu tinha feito tudo sozinha. — Deu uma batidinha no relógio. — Mas eu sabia quem era...

Cooper olhou-a; sentia-se fascinado, orgulhoso, feliz, triste, tudo ao mesmo tempo.

— Quando um pai olha nos olhos do filho — disse Cooper — ele pensa que talvez seja ele; talvez seja seu filho que irá salvar o mundo.

Murph sorriu.

— E todos — ela continuou — quando são crianças, querem olhar nos olhos do pai e saber que ele viu. Mas em geral, a essa altura, o pai não está mais lá. — Apertou a mão dele com um pouco mais de força. — Ninguém acreditava em mim, mas eu sabia que você voltaria.

— Como? — Cooper perguntou.

— Porque meu pai me prometeu — ela respondeu.

Cooper sentiu as lágrimas escorrerem no rosto.

— Agora estou aqui — disse, vendo de novo como ela estava fraca, como estava pequena. — Estou aqui para cuidar de você, Murph.

Mas Murph sacudiu a cabeça.

— Nenhum pai deve ver os filhos morrendo. Meus filhos estão aqui para cuidar de mim agora. Você pode ir embora.

— Para onde? — ele perguntou. Onde ele pertencia nesse mundo? Naquela casa da fazenda?

— É tão óbvio — Murph disse, suspirando.

E disse para ele.

Quando ela terminou de falar, um pouco depois, a família voltou para Murph, atraída como que por gravidade. Ele viu o amor que sentiam por ela, e ela por eles. E embora todos fossem também sua família, era como se estivesse observando de outra dimensão; como se fosse de novo o fantasma de Murph.

Saiu do quarto, mas as palavras dela continuaram na sua cabeça.

"É tão óbvio", a filha tinha dito. "*Brand. Ela está lá.*"

EPÍLOGO

Amelia olhava, chorando, enquanto Case escavava a base de Wolf, soterrada por uma avalanche de rochas. Só o robô e o deserto presenciaram seu sofrimento.

Ela olhou o resto da paisagem; a areia de um cinza claro e as rochas moldadas pelo vento, onde Edmunds passara seus últimos dias. Estava no leito criogênico quando ocorreu o acidente, esperando um resgate que viria com atraso de anos.

Cooper esperou ansioso, até o último mecânico sair do hangar e trancar a porta. Esperou mais uns minutos e então chegou mais perto.

Um instante depois a porta abriu, e ele sorriu para Tars.

"*Montando acampamento...*"

Amelia ajoelhou-se diante de uma pequena cruz e pendurou a placa com o nome de Wolf.

O primeiro a morrer aqui, pensou, *mas não o último.*

Levantou-se, tirou o capacete e sentiu o ar fresco no rosto. Respirou fundo e devagar.

"*Sozinha em uma galáxia estranha...*"

Cooper apontou para um dos Rangers. Tars foi até a nave e começou a trabalhar no mecanismo da escotilha enquanto Cooper olhava para fora, nervoso.

Amelia respirou uma segunda e uma terceira vez. O nariz estava seco, e ela sentia um cheiro parecido com sal misturado com agulhas de pinheiro.

"*Talvez agora mesmo ela esteja se preparando para um longo sono.*"

Com Tars ao lado, Cooper afivelou-se no assento do piloto e examinou os controles. O robô verificou uma sequência enquanto a porta do hangar abria para a familiar escuridão do espaço coalhado de estrelas.

Cooper deu um sorrisinho. *Amanhã todos vão ter uma pequena surpresa.*

Ainda respirando, Amelia pôs o capacete de lado e ficou observando o pôr do sol estranho e belo.

"*À luz do nosso novo sol...*"

Deu as costas para a estrela enfraquecida e voltou para a base. Tinha muito a fazer, e teria de fazer tudo sozinha. Mas sentia que, de certa forma, tudo daria certo.

"*No nosso novo mundo.*"

AGRADECIMENTOS

Meus agradecimentos a Christopher e Jonathan Nolan por um roteiro fantástico.

Agradeço a Emma Thomas, Shane Thompson, Isabella Hyams, Kip Thorne, Jill Benscoter, Andy Thompson, e Josh Anderson da Warner Bros. por me fornecerem tudo de que eu precisava para escrever este livro. Meu obrigado a Steve Saffel por sugerir este projeto para mim; e como sempre, por sua bela edição. Agradeço também aos meus colaboradores da Titan Books: Nick Landau, Vivian Cheung, Katy Wild, Cath Trechman, Alice Nightingale, Tim Whale, Chris McLane, Sam Bonner, Owen Vanspall, Emma Smith, Julia Lloyd, Ella Bowman e Katharine Carroll.

SOBRE O AUTOR

Greg Keyes, ou John Gregory Keyes, é filho de Nancy Joyce Ridout e John Howard Keyes. Nasceu em Meridian, Mississippi, em 1963. A mãe era artista, e o pai trabalhava no setor administrativo universitário. Quando tinha sete anos, a família passou um ano em Many Farms, Arizona, na Reserva dos Navajos, onde o pai era gerente da Faculdade Comunitária Navajo. Muitas ideias e interesses que levaram Greg a tornar-se escritor foram formados naquele ano que lhe foi tão importante. Depois de aproximadamente mais um ano em Flagstaff, a família retornou a Bailey, Mississippi, onde ele e o irmão Tim terminaram a escola e ingressaram na faculdade. Greg formou-se em Antropologia pela Universidade Estadual do Mississippi, e depois trabalhou por algum tempo como arqueólogo contratado. Em 1987 casou-se com Dorothy Lanelle Webb (Nell, e os dois mudaram-se para Athens, Georgia, onde Nell começou a estudar arte na faculdade, e Greg ganhava a vida passando jornais a ferro. Nesse período, Greg escreveu alguns manuscritos não publicados até escrever *The Waterborn**, seu primeiro romance publicado, seguido de uma série de livros originais e licenciados ao longo da próxima década e meia. Nessa mesma época, Greg terminou o mestrado em Antropologia na Universidade da Georgia e completou seus estudos de doutorado,

---

* Antigamente nos Estados Unidos, passar jornais a ferro era uma atividade comum, para deixá-los lisos e fazer a tinta aderir melhor ao papel. A prática ainda existe, embora seja menos comum.

mas não chegou a fazer a sua tese. Morou em Seattle por alguns anos, onde Nell terminou o mestrado na Universidade de Washington. Em seguida o casal mudou-se para Savannah, Georgia. Em 2005, tiveram um filho, Archer, e em 2008, uma filha, Nellah. Greg continua vivendo com a família em Savannah, e gosta de cozinhar, de esgrimir e de cuidar dos filhos.

Interestelar é seu vigésimo primeiro romance publicado.